Petra Weise

Eine unbestimmte Ahnung

und andere Kurzgeschichten

Bibliografische Information der Deutschen Nationalbibliothek
Die Deutsche Nationalbibliothek verzeichnet diese Publikation in der
Deutschen Nationalbibliografie; detaillierte bibliografische Daten sind im
Internet über http://dnb.dnb.de abrufbar

Herstellung und Verlag: BoD – Books on Demand Norderstedt

ISBN 9-783746-028873

Die ganze Mannigfaltigkeit,
der ganze Reiz und
die ganze Schönheit des Lebens
setzen sich aus
Licht und Schatten zusammen.

Leo Tolstoi

Inhalt

Das erste Treffen

„Du hörst mir nie zu! Nie!", schrie meine Frau. Das stimmte so nicht. Ich hörte sehr wohl zu und gab ihr sogar kluge Ratschläge, die ihr helfen sollten. Doch die halfen ihr nicht, sie machten sie nur wütend. Wütend auf mich, auf ihren Mann. So wütend, dass sie plötzlich fort war und mich allein zurück ließ. Ich sank in einen tiefen Abgrund. Ich vermisste sie, doch ich wollte sie nicht zurück. Sie war besudelt, beschmutzt von den Händen eines anderen Mannes. Ich ekelte mich vor ihr.

Ich war nur einen Augenblick unachtsam. Vielleicht putzte ich mein Auto oder war mit meinen Freunden im See schwimmen. Als ich aus dem Wasser kam, war sie fort. Fort mit ihrem Therapeuten. Warum sie eine Therapie machte, weiß ich nicht mehr. Jedenfalls sagte sie, dass dieser Mann ihr zuhörte. Wusste sie nicht, dass Zuhören die Arbeit eines Therapeuten ist? Er hörte ihr genau 45 Minuten zu, nicht kürzer und nicht länger. Was war da passiert? Ich wollte es gar nicht wissen. Doch ich wollte auch nicht allein bleiben, kein einsamer Mann sein, der keine Frau hat.

Deshalb schrieb ich eine Anzeige: „Einsamer Mann (42) sucht nach großer Enttäuschung treue Lebensgefährtin (38-44)." In der Zeitung sah es dann so aus: Eins.Mann 42 s.n.gr.Ent. treue Leb.gef.38-44.

Es meldeten sich zwölf Frauen zwischen 19 und 53 Jahren. Zwischen 38 und 44 gab es vier. Eine war blond, hatte kurze Haare und kleine Augen – die interessierte mich nicht. Ich schrieb die drei anderen an.

Die Frau, die mir am besten gefiel mit langen schwarzen Haaren, antwortete nicht. Vielleicht störte sie, dass ich zwei Kinder hatte, die bei ihrer Mutter, meiner Ex, lebten.

Die zweite wollte immer ausgehen, am liebsten in teure Bars. Ich trank gern ein Bier, doch das am liebsten daheim. Das war ihr zu langweilig.

Die dritte wiederum war mir zu langweilig. Sie redete kaum ein Wort und schaute ständig auf ihre Hände. Sie hatte sehr schöne Hände, doch ich konnte nicht ständig ihre schönen Hände ansehen.

Also schrieb ich doch noch die kurzhaarige Blonde mit den kleinen Augen an und teilte ihr meine Telefonnummer mit. Sie wollte sich sofort mit mir treffen und zwar am Bad. Das gefiel mir. Es war Sommer und nahezu unerträglich heiß. Das beschriebene Bad kannte ich nicht, irgendein See außerhalb der Stadt. Ich fuhr mit dem Motorrad hin. Motorräder imponierten den Frauen. Allerdings hatte ich nicht bedacht, dass der Parkplatz außerhalb des Geländes ist. Eingezäunt war es zwar nicht, doch ich konnte schlecht mit meiner Kawasaki zwischen die Massen kurven. Es lagen viele Leute auf der Wiese. Ich stellte das Motorrad an den Rand unter einen Baum und ging langsam auf die Massen zu. Mir war plötzlich klar, dass ich diese Frau nicht finden würde. Woran sollte ich sie erkennen?

Plötzlich streckte sich ein Arm in die Höhe und winkte. Er winkte eindeutig mir zu. Also steuerte ich diese Richtung an. Doch fast wäre ich vor Schreck im gleichen Moment stehen geblieben. Denn die Leute waren allesamt nackt, splitternackt. In meinem Kopf pochte es. Sicher war mein Gesicht knallrot. Nicht vor Scham, schließlich habe ich schon viele nackte Leute gesehen. Schnell zog ich den Reißverschluss meiner Lederjacke runter und zerrte sie mir vom Leib. Es war wirklich unbeschreiblich heiß hier.

Die Frau war inzwischen aufgestanden und winkte mir immer noch zu. Ich musste zurück winken und versuchte zu lächeln. Sie hatte unglaublich schöne Brüste, sicher lagen sie schwer in meiner Hand. O Gott! Ich konnte doch jetzt beim ersten Date nicht auf ihre Brüste starren. Doch wo schaut ein Mann hin, wenn vor ihm eine Frau steht, die einen Kopf kleiner ist als er und große Brüste hat. Rasiert war sie auch noch, denn ich konnte kein Dreieck in ihrem Dreieck erkennen. Ralf, nimm dich zusammen, mahnte ich mich selbst.

„He! Ich bin die Ramona", lachte sie mir entgegen und streckte ihre Hand in meine Richtung.

„Ralf, angenehm."

„Das ist meine Schwiegermutter von meinem Ex."

Ramona wies mit der Hand auf eine ältere Dame, die ebenfalls splitternackt auf einer Decke saß und mir ihre Hand entgegen hielt. Ich schüttelte die Hand und nickte ihr zu. Schwiegermutter? Ich dachte, die Tussi wäre geschieden wie ich? Läuft hier so etwas wie versteckte Kamera?

„Die Jungs sind im Wasser." Ramona streckte ihren Arm in Richtung See. „Sie werden gleich hier sein. Setz dich!", forderte sie ungeniert.

Ich merkte, dass ich wohl ein ziemlich dummes Gesicht zog. Man sieht mir immer an, wenn ich nicht weiß, was ich machen soll. Also schmiss ich lässig meine Jacke ins Gras und legte vorsichtig den Helm obendrauf.

„Motorrad", erklärte ich.

„Klar." Ramona lachte.

Ich zuckte mit der Schulter und nestelte an meiner Hose. So eine blöde Situation! Ich hasste die Frau. Und noch mehr hasste ich die alte Schwiegermutter, die ungeniert zu mir herauf schaute. Offensichtlich wartete sie auf den Moment, in dem ich ohne Sachen schutzlos vor ihr stand. Hoffentlich kriege ich nicht auch noch eine Erektion! Das fehlte noch! Eigentlich bestand keine Gefahr bei der Wut, die ich im Bauch hatte. Weglaufen ging jedenfalls nicht. Also stieg ich gekonnt lässig aus meinen Stiefeln, der Hose und streifte den Slip ab, den ich unauffällig mit den Zehen unter die Jacke schob.

„Setz dich!" Die Alte klopfte mit ihrer Hand neben sich auf die Decke. „Ich bin die Marlies."

„Svehen! Nihils!", schrie Ramona und winkte Richtung See. Dabei hüpften ihre Brüste lustig hin und her.

Schnell kramte ich meine Zigaretten aus der Jacke und hielt sie der Alten hin. Die schüttelte den Kopf.

In dem Moment stürmten zwei Jungs auf uns zu und schmissen sich so nass wie sie waren auf die Decke. Ramona und die Alte lachten.

Die beiden Frauen packten belegte Brote aus

und reichten Saftflaschen herum. Auch ich bekam ein doppelt mit Schinken und Käse belegtes Brot in die Hand gedrückt. Schnell biss ich hinein. So musste ich wenigstens nicht reden. Die Situation war mir dermaßen unangenehm, dass ich überhaupt nicht darüber nachdenken musste, ob mir diese Ramona gefiel oder nicht. Schöne Brüste hin oder her, es war einfach keine Art, mich derart vorzuführen.

„Ich bin gar nicht geschieden."

Dachte ich mir's doch! Die Weiber machen sich einen Spaß draus und ich sitze wie ein Depp hier.

„Mein Sohn lebt nicht mehr", erklärte plötzlich die Alte und zeigte auf meinen Sturzhelm. „Motorrad. Unfall vor fast zwei Jahren. Der Kleine ist acht, der Große zehn. Ramona sollte nicht allein bleiben."

Ich schaute zur Seite. Wie guckt man, wenn man solch eine Geschichte hört? Und vor allem, was sollte ich sagen? Tut es mir leid? Blöd ist jedenfalls, dass ich ausgerechnet mit dem Motorrad hierher gekommen bin und den Helm so dekorativ oben auf meine Sachen gepackt hatte.

„Tut mir leid", nuschelte ich und zeigte mit der Hand auf meine Kleider.

Ramona zuckte mit der Schulter. Plötzlich fing

sie an zu weinen. Du lieber Himmel! Was soll ich jetzt tun? Ich kann sie doch schlecht in den Arm nehmen und trösten, so nackt wie wir sind. Außerdem, wie sieht das aus vor ihrer Schwiegermutter?

Die ganze Geschichte ist nun schon vier Jahre her. Wir wohnen inzwischen mit den Jungs in einer schönen Vier-Raum-Wohnung und fühlen uns absolut wohl. Meine beiden Mädchen verbringen jedes zweite Wochenende bei uns und sind ganz begeistert von ihren neuen Brüdern. Und ich bin ganz begeistert von meiner Ramona. Ich liebe sie sehr.

Ein unheimliches Klopfen

Es klopft. Es klopft immer lauter. Ich renne zur Tür, doch nun klopft es hinten am Balkon. Ein Mann schaut zum Fenster herein. Wir wohnen im vierten Stock! Er lacht mich an und klopft immer weiter.

Schweißgebadet werde ich wach und schaue auf die Uhr. 6:50 Uhr. Eine volle Stunde könnte ich noch schlafen, doch es klopft immer noch. Wenn es um diese Uhrzeit klopft, muss etwas passiert sein. Ich schlage die Decke zurück und laufe zur Tür. An der Tür steht niemand. Jetzt höre ich auch das Klopfen nicht mehr. Vermutlich habe ich das alles nur geträumt.

Ich gehe ins Bad und wasche mein Gesicht. Bei dieser Hitze kann kein Mensch schlafen. Den Ventilator mag ich nicht anschalten, der summt so laut und weckt vielleicht noch Gerhard, meinen Mann. 21 Grad zeigt das Thermometer. Für Griechenland oder Süditalien wäre das normal, aber nicht für Deutschland.

Was soll ich jetzt machen? Es ist zu früh, um aufzubleiben. Es hat keinen Sinn, mich in der Küche zu beschäftigen. Eigentlich hat es auch keinen Sinn, mich wieder hinzulegen. Ich krieche trotzdem wieder ins Bett.

Der Hund schaut mich erstaunt an und schüttelt sich. Dieses Schütteln hört mein Mann. Verschlafen schaut er auf die Uhr und brummt: „Was ist?"

„Es klopft. Hast du das Klopfen nicht gehört?"

„Wer war´s?"

„Niemand. Es war niemand an der Tür."

„Leg dich hin und schlaf!"

Ich strample meine Decke zur Seite und lege mich auf den Bauch. Es ist zu warm.

Und es klopft. Zwischen den Häusern schallt das Klopfen um ein Vielfaches verstärkt. Ich bekomme Kopfweh. Jetzt stehe ich auf und schließe das Fenster. Das Klopfen kommt eindeutig von draußen. Es klopft zwar immer noch, doch jetzt leiser. Um diese Zeit zu hämmern ist unverschämt. Weiß der Geier, welche Handwerker jetzt schon arbeiten.

Ich kann nicht schlafen. Es hat keinen Zweck, es zu versuchen. Nun bin ich wach und könnte gleich mit dem Hund draußen laufen. Später wird es noch wärmer sein, jetzt geht es noch.

Ich ziehe meine Jeans über und meine Sportschuhe an. Das Nacht-Oberteil geht locker als Shirt durch. Und wenn nicht, soll es mir gleichgültig sein. Um diese frühe Stunde ist sowieso noch kein Mensch unterwegs. Der Hund zieht nach links über die Straße. Wenn er glaubt, ich gehe jetzt mit ihm in den Wald, irrt er sich. Kurz vor dem Abzweig zum Wald straffe ich die Leine und zeige ihm an, dass ich weiter geradeaus laufen will. Er folgt und lässt den Kopf hängen.

„Mach dein Scheißerchen!", befehle ich ihm.

Doch er schnüffelt nur und pinkelt an jede Ecke. Eigentlich ist das eine Sauerei. Bei Mauern sollte ich besser aufpassen, bei Bäumen darf er das. Einen Block gehe ich noch weiter, dann reicht es mir und ich schwenke auf den Rückweg.

Daheim bereite ich das Frühstück zu. Es ist acht Uhr, also fast unsere normale Frühstückszeit. Ich stelle die Kaffeemaschine an. Heute gibt es wieder Müsli. Ich schneide noch Apfelstücke hinein. Früher aßen wir Schinken- und Käsebrötchen, doch seit einiger Zeit vertrage ich das nicht mehr.

Mein Mann hört nun auch das Klopfen. Er geht hinaus. Er muss wissen, wo die Baustelle ist. Baustellen sind für ihn immer sehr interessant. Er erklärt mir immer, was und warum gebaut wird. Mich interessiert das nicht, aber ich höre ihm zu.

Er bleibt lange weg. Als er endlich zurück kommt, lacht er. „Ich habe Roland getroffen."

Na und? Was ist daran so lustig?

„Habt ihr euch gut unterhalten?", frage ich höflich, obwohl ich es gar nicht wissen will.

Gerhard lacht wieder. „Roland weiß, wer da so klopft."

Na schön. Dann weiß es Roland eben. Und Gerhard weiß es auch. Soll ich jetzt nachfragen oder erzählt er von selbst, wer da klopft?

Gerhard schaut mich bedeutungsvoll an. Ich muss mich beherrschen und darf jetzt nicht ungeduldig werden. Sonst steht mir ein Vortrag bevor über mein hektisches Temperament oder mein missmutiges Gesicht und es endet mit der Bemerkung, dass ich so unmöglich wie meine Mutter sei. Also halte ich meinen Mund und versuche ein Lächeln.

„Soll ich dir sagen, wer da so klopft?"

Ich nicke und beiße mir auf die Lippe. Sonst rutscht noch ein Wort aus meinem Mund oder ein ganzer Satz, ein ganz sicher unfreundlicher Satz. Will er mich auf die Folter spannen? Er weiß genau, dass ich das nicht leiden kann. Sicherheitshalber nicke ich noch einmal.

„Ein Specht! Ein Specht klopft."

Das kann ich mir nun gar nicht vorstellen. Außerdem klingt es ganz anders, wenn ein Specht in einen Baum hackt.

„Der Specht hackt in den Putz."

„Wozu das?", frage ich ungläubig.

„Roland sagt, dass Spechte gern den Putz und das Gebälk verlassener Häuser aufhacken."

„Woher weiß der Specht, dass das Haus leer ist?"

Vor einem halben Jahr zog der letzte Mieter aus, nachdem das Haus zwangsversteigert wurde.

Gerhard zuckt mit der Schulter und greift nach der Zeitung. Für ihn ist das Thema beendet.

Es klopft wieder. Ich gehe hinaus und schaue mir die Hausecke an, die mir Gerhard beschrieben hat. Da hockt tatsächlich ein Specht unter dem Dachfirst und hackt in den Putz. Ein Buntspecht.

Ich hole meine Kamera und zoome den Vogel ganz nahe heran. Das Bild lade ich sofort in meinen Computer. Auf dem Foto sind deutlich die Löcher im Putz zu sehen, eines davon ist größer als der Vogel. Sogar das Dachgebälk ist voller Löcher. Was will ein Specht mit Putz? Gibt es darunter Nahrung für ihn wie in einem Baum?

Ich befrage Google und erfahre, dass es vermutlich Jungspechte sind, die ein eigenes Revier suchen. Offenbar erwecken die Fassaden bei den Tieren den Eindruck eines Baumes. Die raue Struktur des Verputz ähnelt der Baumrinde und das Klopfen hört sich an wie beim Trommeln auf hohlem Holz. Findet der Specht Insekten, fühlt er sich heimisch und untersucht die tieferen Schichten. Ärgerlich für den Hausbesitzer ist, dass er derartige Zufluchtsstätten nicht zerstören darf, weil sie unter dem Schutz des Bundesnaturschutzgesetzes stehen.

Den Hausbesitzer kann ich nicht informieren, weil ich ihn nicht kenne. Er hat sich ohnehin noch nicht um das Objekt gekümmert.

Doch seit ich nun weiß, wer da so klopft, stört es mich nicht mehr – ganz im Gegenteil, ich finde die Geschichte sogar amüsant.

Mein fremder Bruder

„Hallo, Heinz!"

Ich winke meinem Bruder zu, der genau in dem Moment den Supermarkt betritt, als ich diesen gerade verlasse. Ich sehe meinen Bruder sehr selten, obwohl er nur zwei Häuser von mir entfernt wohnt.

„Kommst du heute Abend?"

„Warum?"

Na?", lache ich. „Ich habe Geburtstag."

„Du weißt, dass ich keinen Geburtstag feiere."

Trotzdem hätte er mir gratulieren können, denke ich und sage laut: „Ich weiß. Die große Party ist erst am Samstag."

Heinz kneift die Augen zusammen. Ich sehe, wie sein Kinn zittert.

„Schabbat", beeile ich mich zu sagen. „Ich weiß, dass du Freitags und Samstags nicht aus dem Haus gehst. Aber heute ist Donnerstag."

Ich lege meine Hand auf seinen Arm, aber er schiebt sie grob weg.

„Du begreifst es nie!", schreit er mich an. „Dumm wie Brot. Genau deshalb taugst du nur für die Küche, du blöde Kuh."

„Harry sent you a lot of links", mischt sich seine Frau Uma ein. Ich hatte gar nicht bemerkt, dass sie sich inzwischen zu uns gesellte. Sie spricht seinen Namen immer Englisch aus. „Do you remember?"

„Das stimmt", gebe ich zu. „Die meisten Artikel sind allerdings auf Englisch verfasst. So gut kenne ich die Sprache nicht."

„Sag ich doch", fühlt sich mein Bruder bestätigt. „Sogar zu dumm für Englisch."

Ich schlucke meine Antwort hinunter, dass sich seine Frau nach zwei Jahren in Deutschland nach wie vor weigert, unsere Sprache zu lernen. Wenn ich mich mit ihr unterhalten will, dann geht das nur in Englisch. Selbst in Gegenwart meines Bruders. Uma ist Tamilin, eine auffallend hübsche und sehr junge Frau. Ich weiß nicht, ob sie der Grund ist, weshalb mein Bruder plötzlich so streng nach den Regeln des Alten Testaments leben muss. Anfangs verfolgte ich seine Links, um ihn besser verstehen zu können. Ich stellte ihm viele Fragen, die leider nie Antworten brachten, sondern immer neuen Ärger. Heinz glaubt, dass seine Meinung die einzig richtige ist, denn so steht es bereits in der Bibel. Mein Einwand, dass man die Bibel heute nicht einfach eins zu eins auf die heutige Situation übertragen kann, ärgert ihn noch mehr als meine Fragen, die für ihn nur ein Zeichen von Misstrauen und Respektlosigkeit sind.

„Ich respektiere euren Glauben", lenke ich ein. „Und ich gehe davon aus, dass ihr meinen ebenso respektiert. Deshalb bitte ich euch, kommt heute Abend zum Essen zu uns. Wir sehen uns viel zu selten, obwohl wir Nachbarn sind."

„Und da soll ich Schwein essen?"

„Aber nein. Ich habe extra für euch Fisch und Lamm gekauft." Dabei mögen weder mein Mann noch ich Lamm.

„Und das brätst du in deiner Schweinepfanne", zischt mein Bruder verärgert.

„Your kitchen is not clean", erklärt Uma.

„Aha, aber als ihr die vielen Monate bei uns gewohnt habt, da war das kein Problem", verliere ich die Beherrschung. Dabei weiß ich, dass sich mein Bruder damals in einer schwierigen Situation befand. Er wohnte vorher mit seiner Frau in Malaysia und erhielt nach einem Rechtsstreit Morddrohungen. Deshalb musste er seine große Villa quasi über Nacht verlassen und aus dem Land fliehen. Bei mir erholten sich die Beiden. Sie wohnten in unserem Gästezimmer, wuschen ihre Wäsche in meiner Waschmaschine und setzten sich täglich an den von mir gedeckten Tisch. Mein Mann besorgte neue Handynummern, einen Internetanschluss und vermittelte ihnen eine Wohnung. Ich weiß bis heute nicht, womit mein

Bruder sein Geld verdient, er wollte nie darüber sprechen. Manchmal steht eine riesige schwarze Limousine mit einem fremden Nummernschild auf seinem Hof. Manchmal besucht er unsere Schwester in Dortmund, wenn er von Geschäften aus Holland zurück fährt. Aber er kündigt seinen Besuch niemals an und fährt meist spät in der Nacht die 600 Kilometer bis nach Hause. Ihn stört es nicht, dass sich unsere Schwester sorgt, weil er Alkohol getrunken hat und obendrein ganz sicher übermüdet ist.

Melissa kommt aus dem Supermarkt. Ich lache sie an und grüße sie freundlich.
„She is Moslem, isn´t she?", empört sich Uma.
„Möglich. Sie stammt aus Syrien. Ihr Mann ..."
„So jemanden grüßt du?", faucht Heinz. „Wer meine Feinde grüßt, der ist auch mein Feind."
„Sei nicht albern!", versuche ich zu vermitteln. „Es sind Nachbarn wie ihr auch."
„No!", schreit Uma. „Cut for ever!" Mit ihrer rechten Hand fährt sie quer durch die Luft. Dann dreht sie sich um und stampft grußlos davon. Heinz schaut wie durch mich hindurch und folgt seiner Frau.

Inzwischen sind vier Jahre vergangen. Manchmal sehe ich meinen Bruder auf der

Straße und winke ihm zu, aber er sieht mich nie. Zur Beerdigung unserer Mutter kamen Heinz und Uma, allerdings ohne einen Blick oder Gruß für mich.

Mein Bruder ist mir fremd geworden.

Schwestern

„Rede!", schrie Birgit.

Doch Lina hockte bewegungslos in ihrem Sessel und reagierte nicht. Wie immer. Sie stierte aus dem Seitenfenster hinaus in den Garten, aber ihre Augen sahen die Blumen nicht. Sie saß nie wie ihre Schwestern am großen Panoramafenster mit Blick zum Meer. Lina hasste das Meer. Das unendlich viele Wasser machte ihr Angst. Schon als Kind hatte sie dem Meer immer den Rücken gekehrt, während ihre drei Schwestern im Wasser planschten und wie die Fische darin herum schwammen.

„Sag endlich was!", forderte Birgit. Dabei beugte sie ihren Oberkörper vor, als wolle sie Lina packen und schütteln.

„Lass sie in Ruhe!", bat Marlies. Sie war die älteste der vier Schwestern und hatte das ständige Bedürfnis zu vermitteln und für Frieden zu sorgen.

„Du mit deinem blöden Verständnis", giftete Birgit. „Linas Tochter ist vor 15 Jahren gestorben, also nicht erst gestern oder letzte Woche. Irgendwann muss mal Schluss sein mit dem Trauergetue."

„Lina *tut* nicht traurig, sie *ist* traurig", korrigierte Marlies. „Wie lange dauert es deiner Meinung nach, bis man über den Tod eines wirklich geliebten Menschen hinwegkommt? Ich bin nicht sicher, ob man jemals darüber hinwegkommt."

„Und wenn schon. Wir haben alle unser Päckchen zu tragen. Deshalb sind wir schließlich hier."

Marlies nickte. Jede von ihnen war alt und einsam, alle vier Schwestern hatten die Lust am Leben verloren. Es war kein wirkliches Leben mehr.

Marlies dachte an ihren letzten Arztbesuch, den allerletzten. Noch eine Chemo wollte sie nicht, auf gar keinen Fall. Sie sollte gegen die Krankheit kämpfen und sie sollte stark sein. Doch Marlies wollte nicht stark sein, sie wollte den Dingen einfach ihren Lauf lassen.

„Aber dann wirst du sterben", warnten ihre Freunde.

Marlies fand das Sterben nicht schlimm, denn der Tod kommt auf sie zu wie auf alle Menschen. Das verstand weder ihre Familie noch ihr großer Freundeskreis. Deshalb hatte sie sich hier im alten Haus am Meer verkrochen. Hier in der Einsamkeit gefiel es ihr gut. Sie schaute den ganzen Tag aufs Meer hinaus und hörte in der Nacht die Wellen gegen die Felsen schlagen. Sie dachte an ihre Mutter, die sich hier vor 30 Jahren von den Klippen stürzte. Dazu fehlte Marlies der Mut. Sie wollte einfach nur am Fenster friedlich wegdämmern. Lange konnte das nicht mehr dauern.

Doch dann standen plötzlich ihre Schwestern im Haus, alle drei gleichzeitig.

„Hier willst du also sterben", stellte Birgit fest.

„Ja. Und ihr werdet mich nicht davon abhalten", entgegnete Marlies mit fester Stimme.

„Wir wollen dich nicht davon abhalten, wir wollen dich auf diesem Weg begleiten", erklärte Gabi.

„Wie meinst du das?"

„So, wie ich es gesagt habe."

Gabi fuhr mit der Hand durch die Luft, als ob sie ihre Worte damit unterstrich. Gabi war die jüngste der vier Schwestern und hatte ein eher heiteres Gemüt. Sie setzte sich leicht über alle Regeln hinweg und machte, was immer ihr in den Sinn kam. Sie war ein fabelhafter Unterhalter, jeder mochte ihre Gesellschaft gern.

Vor sechs Jahren feierte sie ausgelassen mit all ihren vielen Freunden und Verwandten ihren 40. Hochzeitstag. Am darauffolgenden Morgen fand sie ihren Mann aufgeknüpft am Geländer

der Galerie. Zuerst verfiel Gabi ins Grübeln, dann dem Alkohol. Sie brauchte täglich eine halbe Flasche Wodka, um über den Tag zu kommen, vom Weinkonsum ganz zu schweigen.

Marlies verstand nicht, wie man sich selbst derartigen Kontrollverlusten aussetzen konnte und brach damals den Kontakt zu ihrer kleinen Schwester ab.

„Weißt du, ich kann meinen Mann nicht mehr fragen, warum er sich das Leben nahm. Das kann ich erst, wenn ich ihn im Himmel wiedersehe."

„Du willst deinen Mann im Himmel wiedersehen? Du bist nicht ganz bei Trost."

Birgit rollte mit den Augen und schlug sich mehrmals mit ihrer Hand an die Stirn.

„Glaubst du etwa nicht an Gott?", wunderte sich Gabi.

„Gott!", äffte Birgit abfällig. „Wer ist denn Gott? Und wo war dein Gott, als sich dein Mann erhängt hat? Gott hätte dieses Theater nicht nötig, dieses Anbeten, Niederknien und Gedöns in den Kirchen."

„Birgit!", mahnte Marlies streng. „Versündige dich nicht!"

„Versündige dich nicht!", ahmte Birgit den Tonfall ihrer Schwester nach. „Und was machst du, wenn du hier sterben willst? Ist das keine

Sünde?"

„Darüber habe ich lange nachgedacht. Im Grunde hast du recht, aber ich nehme keine Tabletten und springe auch nicht von den Klippen wie Mama. Ich esse einfach nichts mehr und warte. Mehr mache ich nicht."

Lina zuckte mit der Schulter und ging wortlos an Marlies vorbei. Ehe jemand merkte, dass Lina das Zimmer verlassen hatte, saß sie bereits wieder auf ihrem angestammten Platz am Seitenfenster und schaute hinaus in den Garten oder auf das, was vom Garten übrig war: Eine verwilderte Ansammlung von Sträuchern und Unkraut. Lina war schon immer etwas melancholisch gewesen und machte gern ein Geheimnis um ihre Gedanken. Seit dem plötzlichen Tod ihrer Tochter vergrub sie sich ganz im Schweigen. Ihr Mann hatte sich drei Jahre um sie gekümmert, dann hielt er das Schweigen nicht mehr aus und packte seine Koffer. Keine der Schwestern wusste, wo er jetzt lebte.

Birgit rollte mit den Augen. „Du redest nur Stuss." Sie versetzte dem Couchtisch einen Fußtritt, so dass die große Vase, die darauf stand, herunterfiel und zerbrach. Das Wasser ergoss sich über die Dielen und versickerte im Teppich. Die Blumen lagen wie Mikadostäbe auf einem Haufen.

Gabi sammelte schnell die Scherben zusammen, während sie brummte: „Überall, wo du bist, hinterlässt du ein Schlachtfeld."

Birgit hielt es nirgendwo lange aus. Irgendwann hatte sie genug von ihrer Arbeitsstelle oder einem Lebenspartner und verschwand ohne ein Wort. Sie kümmerte es nicht, wer ihre Arbeit weiterführte oder ihre Wohnung auflöste. Sie war immer rastlos, wollte immer weg – egal, wohin – Hauptsache weg.

„Na und? Was geht's dich an?"

„Meinst du nicht, dass ich mich immer gefragt habe, wo du steckst, wie es dir geht oder ob du vielleicht Hilfe brauchst!"

„Das ist dein Problem, nicht meins", entgegnete Birgit heftig.

„Was ist eigentlich dein Problem?", wollte Marlies wissen. „Wäre jetzt nicht der richtige Zeitpunkt, uns alle aufzuklären? Wovor bist du immer weggelaufen?"

Birgit ging in die Küche und schlug die Tür hinter sich zu. Kurz darauf kam sie zurück, ein Glas Rotwein in der Hand.

„Vor mir bin ich davongelaufen", sagte sie leise. „Das weiß ich jetzt. Doch das funktioniert nicht. Gleichgültig, wohin ich reiste, ich war immer dabei. So wie ich es nie lange an einer Stelle aushielt, so halte ich jetzt das Weglaufen nicht mehr aus. Das Reisen konnte mir keinen Frieden geben. Ich will nur noch meine Ruhe", murmelte Birgit. „Die finde ich wie unsere Mutter unten an den Klippen."

Marlies schlug sich die Hand vor den Mund. Gabi schaute erschrocken um sich. Nur Lina starrte regungslos aus dem Fenster.

„Sind wir alle so verrückt wie unsere Mutter? Oder hat jede von uns wirklich einen Grund, ihr Leben zu beenden? Sollten wir nicht lieber abwarten und ausharren?"

Darauf erhielt Marlies keine Antwort.

Warten

Stille. Sie schmerzt im Kopf und breitet sich im ganzen Körper aus. Ich mag das nicht. Wenigstens das Radio sollte laufen. Doch heute nicht, denn ich will hören, wenn er kommt. Ich will es spüren, bevor sein Auto um die Ecke biegt, bevor er einparkt und ich das Zuschlagen der Autotür höre. Er wird den Schlüssel ins Schloss stecken und die Tür wird mit einem leisen Klack aufspringen. Das höre ich nicht, denn dann bin ich bereits im Flur und laufe ihm entgegen.

Ich weiß nie, wann er kommt. Manchmal ruft er an, damit ich noch nicht ins Bett gehe, sondern auf ihn warte. Dabei mag er es nicht, wenn ich auf ihn warte, wenn ich mich nach ihm richte, meinen Abend daheim verbringe statt auszugehen, immer in der Hoffnung, er ruft an. Ich hole das Telefon und stelle es direkt neben meinen Sessel auf den kleinen runden Beistelltisch, wo sonst nur mein Buch liegt. Aber heute kann ich nicht lesen, ich sehe die Buchstaben, aber ich erfasse den Text nicht. Meine Gedanken sind nicht bei der Geschichte. Es hat keinen Sinn zu lesen.

Mein Telefon ist alt, groß, weinrot. Es hängt an einem Kabel, wie es sich gehört. Ich mag diese modernen schnurlosen Telefone nicht. Ich nehme den Hörer ab und lausche. Es tutet, also ist alles in Ordnung. Trotzdem überprüfe ich, ob sich das Kabel nicht irgendwo verheddert oder gar einen Knoten gebildet hat. Die Telefonschnur hat sich verdreht. Ich muss das sofort in Ordnung bringen, damit nichts stört, falls er doch noch anruft.

Ich schrecke hoch. War ich eingeschlafen? Hat mich das Klappen einer Autotür geweckt? Schnell springe ich auf und laufe zur Tür. Nein, er ist es nicht. Ich stehe auf dem Balkon und halte nach seinem Auto Ausschau, doch unten auf der Straße sehe ich es nicht.
Ob er heute noch kommt? Nein, er wird nicht kommen. Seine Frau ist krank, das hat er kurz erwähnt. Viel mehr weiß ich nicht, auch nichts von seinen beiden Söhnen. Keine Namen, kein Alter – nichts.
Ich erzähle ebenfalls nichts von mir. Nicht, dass ich nicht gern rede, doch nicht in seiner Gegenwart. Weil er nicht fragt. Ich kann nichts erzählen, wenn er nichts wissen will. Er sagt, das Wissen würde belasten. Ich sage, dass das Wissen befreit.

Als ich ihn zum ersten Mal sah, damals, bei dieser Kunstausstellung, fiel mir seine ungeheure Ausstrahlung auf. Er stand nicht am Rand, sondern mitten im Raum. Ich trug wie alle Besucher Schwarz, mit einer grauen Stola um die Schultern. Doch er zeigte sich in einem auffallend rotgrau-gestreiften Jackett und weißgrau leuchtenden Haaren. Es waren recht lange Haare, die sich auf dem Kragen zu Locken kringelten. Ich tat so, als bemerkte ich ihn nicht. Und doch konnte ich nirgendwo anders hinschauen.

Plötzlich war er verschwunden. Ich wusste sofort, dass ich etwas ganz Wertvolles verloren hatte, etwas, das ich nie besaß und doch so wichtig für mich und mein ganzes Leben ist. Ich bekam Panik und begann, nach ihm zu suchen. Die Zeit verging rasend schnell und schien gleichzeitig stehen zu bleiben. Mein Puls raste, mein Herz hämmerte. Ich begann zu laufen und wäre am Ausgang fast mit ihm zusammen gestoßen. Ich war erleichtert und ging einfach mit ihm mit. Ich hätte ihm gern gesagt, dass ich so etwas noch niemals zuvor getan hatte. Aber ich brachte kein Wort über die Lippen. Es fühlte sich richtig an, mit ihm fortzugehen.

Seitdem gehört meine ganze Zeit allein ihm. Selbst dann, wenn er nicht hier ist. Ich denke an ihn, überlege, was ich für ihn kochen, welches Kleid ich für ihn tragen, welches Buch ihm ihm empfehle werde. Er mag meine Empfehlungen, aber ich habe ihn noch niemals lesen sehen. Wann liest er? Liest er überhaupt? Fragen kann ich ihn nicht, weil er Fragen hasst, er lässt sich nicht zu einer Antwort zwingen.

Er redet nur das Nötigste, meist sind es Korrekturen meiner Sätze. Ich spreche nicht so konzentriert wie er, ich verhasple mich, kann die Dinge nicht beim Namen nennen. Dann fragt er nach, wie es genau heißt, dabei weiß er, dass ich es nicht wissen kann. Ich will es erklären, umschreiben, doch das ist ihm zu umständlich.

„Du musst mir nichts erklären", sagt er. Dabei schaut er, als ob er nicht begreift, wovon ich rede. Wovon ich reden will. Dann höre ich auf zu reden. Manchmal schweigen wir, wir trinken Wein und schweigen. Es ist ein gutes Schweigen, kein peinliches.

Er ist gern bei mir. Das merke ich, obwohl er es nicht sagt.

„Rede mit mir!", schreie ich.

„Was soll ich sagen?"

„Alles! Du musst mir alles sagen."

„Ich muss gar nichts."

„Ich weiß nicht, wer du bist, was du denkst,

wovon du träumst."

„Ich träume nicht. Ich bin hier. Das muss dir genügen."

Es genügt mir nicht. Doch ich sage nichts mehr, denn ich will, dass er bleibt, dass er zufrieden ist, wenn er hier ist.

Manchmal glaube ich, dass er mich gar nicht wahrnimmt. Als etwas Körperliches schon, um das man herumgehen muss, aber nicht als ICH mit all meinen Gedanken und Gefühlen und Fragen.

„Du grübelst zu viel", sagt er.

Es klingt wie ein Tadel, doch es ist nur eine Feststellung. Er tadelt nicht. Er lobt nicht. Er wertet und vergleicht nicht.

Mich irritiert das. Ich stehe immer in Bezug zu etwas, meist in Bezug zu ihm. Doch auch in Bezug zu den Freunden, den Leuten, den Geschehnissen. Ich bin immer ganz dabei, niemals halb, ich halte nichts zurück.

Ich muss ihm Platz lassen, er braucht diesen Platz, er bekommt ihn, er muss ihn nicht einfordern.

Mich besucht er, wenn er eine freie Stunde hat, manchmal sogar einen freien Abend, niemals einen freien Tag oder gar eine freie Nacht. Ich weiß nicht, was er macht. Er sagt, das bedeutet nichts. Deshalb fragt er nicht, was ich mache.

Es wundert ihn nicht, dass ich immer Zeit habe für ihn. Doch er weiß, dass ich ihn brauche. Ich möchte, dass er mich ebenfalls braucht. Ganz sicher braucht er mich, sonst würde er nicht hin und wieder vorbeikommen, wenn er Zeit hat. Manchmal möchte er, dass ich etwas für ihn koche. Dann bin ich glücklich, denn das bedeutet, dass er nicht nur eine freie Stunde, sondern einen ganzen freien Abend hat.

Ich weiß, dass die Zeit vergeht. Ich sehe es am Zeiger der Uhr, der immer weiter rückt und bei jedem Rücken ein lautes Teck Teck macht. Jede Sekunde ein neues Teck. Und doch ist mir, als ob der Zeiger sich sofort zurückzieht, sobald ich wegschaue. Ich muss ihn ständig im Auge behalten, sonst rückt er nicht weiter, obwohl ich dieses Teck Teck höre.
Ich könnte eine Zigarette rauchen. Doch er mag es nicht, wenn es in meinem Zimmer nach Rauch stinkt. Wenn ich denken würde, dass Zigaretten stinken, würde ich nicht rauchen. Ich soll auf dem Balkon rauchen oder draußen vor der Tür. Das kann ich nicht. Im Stehen wie eine Straßendirne, das wäre kein Genuss für mich. Also rauche ich gar nicht. Ich muss beim Rauchen gemütlich sitzen und vielleicht einen Likör oder einen Rotwein trinken.

Das Telefon schrillt. Die Klingel ist sehr laut eingestellt, damit ich sie auch im Bad höre. Ich springe auf und merke erst dann, dass ich das Telefon direkt neben mich gestellt hatte, auf den kleinen Tisch. Hastig greife ich zum Hörer.

„Hallo?"

„Hallo, ich bin´s. Heute wird das nichts."

„Nicht? Ich dachte … Warum rufst du an?"

„Du sollst es wissen."

„Gut. Ist alles in Ordnung?"

„Gute Nacht."

Er hat aufgelegt. Ich lausche in den Hörer hinein. Da ist nichts. Nur Stille. Kein Tuten, nur Stille. Nun habe ich Zeit.

Wo ist Stefan?

Sandra seufzt. Schon wieder hat Stefan seine Hose zerrissen. Sie kann ihm unmöglich eine neue kaufen. Sie muss die Hose erneut flicken. Auf dem linken Knie klebt ein Flicken mit einem roten Traktor drauf. Jetzt ist das rechte Hosenbein aufgerissen, vom Knie bis fast hinauf zum Zwickel. Sandra holt die Nähkiste. Sie ist nicht ungeschickt in Handarbeit. Stricken, Häkeln und Sticken machen ihr Freude, nur mit dem Nähen hat sie Probleme. Aber bei einer Kinderhose ist es wohl nicht so tragisch, wenn die Naht nicht gerade verläuft und die Stiche zu sehen sind. Sandra durchsucht die Kiste nach jeansblauem Garn, findet aber nur ein himmelblaues und ein dunkles Blau, das fast schon schwarz ist. Sie entscheidet sich für das dunkle Garn und wickelt einen langen Faden ab.

Oma sagte immer: „Kurzes Fädchen, fleiß´ges Mädchen – langes Fädchen, faules Mädchen." Aber der Riss ist schließlich lang, also braucht er einen langen Faden. Sandra müht sich, den Faden durch das Nadelöhr zu ziehen. Es will einfach nicht klappen. Sie befeuchtet den Faden mit Spucke und zielt genau, aber wieder verfehlt sie das Nadelöhr. Es hat keinen Zweck. Sie legt Nadel und Faden beiseite. Dann wirft sie die Hose auf den Tisch. Sie steht auf, bevor sie in ihrer aufkommenden Wut die ganze Nähkiste in die Ecke wirft.

Sandra geht ins Kinderzimmer. Es ist leer. Noch vor wenigen Minuten saß Stefan in seinem Schlafanzug auf dem Teppich und spielte mit seinem Holztraktor.
„Stefan?"
Sandra schaut unters Bett. Da liegt nur das Stoffäffchen. Sie hebt es auf und knetet es in der Hand.
„Stefan! Wo hast du dich wieder versteckt?"
Stefan liebt es, sich zu verstecken. Sandra öffnet den Kleiderschrank. Nichts. Sie läuft in die Schlafstube und schaut unter die Bettdecken, in die Schränke, sogar in den Bettkasten.
„Stefan! Du kommst SOFORT zu mir!"
Stefan hat sich weder in der Küche, noch in der Speisekammer noch in der Badewanne versteckt. Sandra schaut aus dem Küchenfenster. Von dort kann sie den gesamten Spielplatz und die Wäschewiese überblicken. Kein einziges Kind ist zu sehen.
Sie erinnert sich an den letzten Winter, als sie ihren Dreijährigen schon einmal in der ganzen

Nachbarschaft suchte. Sie war zwei Stunden in höchster Sorge, dann kam ihr Sohn strahlend nach Hause, von oben bis unten voller Schnee. Die größeren Jungs hatten Stefan mit zur Rodelbahn genommen.

„Stefan!", schallt Sandras schrille Stimme durch den Hausflur.

„Is was?" Frau Müller schaut durch den Türspalt.

„Der Stefan ist ausgebüxt."

Sandra wirft sich die Jacke über und läuft ins Nachbarhaus. Dort wohnt Stefans Freundin Pia, aber auch hier ist der Junge nicht. Auf dem Weg vor dem Haus ist niemand zu sehen. Dahinter ist der Bahngraben. Vorsichtig schaut Sandra hinunter. Nichts. Erleichtert rennt sie weiter Richtung Straße. Hier herrscht dichter Verkehr. Die Autos fahren sehr schnell, obwohl die Straße um eine Kurve verläuft. Aus der Nebenstraße fügen sich die Fahrzeuge eilig in den fließenden Verkehr. Der Fußweg ist menschenleer. Panisch versucht Sandra, die Kreuzung zu überblicken. Sie rennt auf die andere Straßenseite und hört es laut hupen. Auf dieser Seite ist Stefans Kindergarten und schräg gegenüber der Tierpark. Das Tor ist bereits geschlossen. Sandra bückt sich und prüft, ob der kleine Junge vielleicht durch das

Gebüsch gekrochen sein könnte. Sie entdeckt eine Lücke, aber sie passt nicht hindurch.

„Stefan! Steefaaan!"

Immer wieder schreit Sandra nach ihrem Sohn. Sie hört in der Ferne Pias Mutter ebenfalls nach Stefan rufen. Ausgerechnet heute hat Sandras Mann seinen Skatabend. Es hilft alles nichts, Sandra muss ihn informieren. Ihr Handy liegt noch daheim. Sie nimmt die Abkürzung über die Wiese und den Spielplatz. Dort bleibt sie wie angewurzelt stehen und kann nicht fassen, was sie sieht: Stefan liegt auf dem Bauch im Sandkasten und schläft.

Die englische Krankheit

Als Autor kann ich nur schreibend leben. Das Schreiben ist meine Heimat. Ich liebe diese Heimat und meine Muttersprache sehr und schreibe ausnahmslos in Deutsch, denn so kann ich mich am besten ausdrücken. Unsere Sprache verfügt über so viele Worte, dass ich für jedes Gefühl, für jede Handlung das passende finde. Zudem kann ich im Deutschen Wörter zu ganz neuen Worten zusammenfügen wie Blumen-Topf oder heraus-holen oder Buch-Titel. Das ist in anderen Sprachen nicht möglich.

Umso erstaunlicher finde ich, dass unsere schöne Sprache von englischen Vokabeln regelrecht aufgeweicht und direkt zersetzt wird und begreife den Grund dafür nicht.

Das liegt wohl in der Erziehung, denn schon kleine Kinder bzw. *kids* gratulieren nicht mehr zum Geburtstag, sondern plärren „Häbbie Birsdei!". Zum Ehrentag gibt es kein Fest, sondern eine *party*, gern *open air* statt einfach draußen. Das Essen bzw. *finger food* bringt ein *catering service.* Das finden alle *cool* und macht sie *happy.* In der Schule und sogar in der

Kirche lernen sie nur noch englische *songs*, unsere deutschen Volkslieder kennt kaum noch jemand. Ich bedaure das sehr, denn damit geht unser Kulturgut verloren – und das in einem Land, wo all die berühmten und weltweit bekannten Komponisten herkommen. In Japan lernt jedes Kind ein Instrument zu spielen, während hierzulande kaum noch gesungen wird. Vielleicht besuchen sie mit ihrem *dad* ein *event* statt eine Veranstaltung. Dort spielt natürlich weder ein Orchester noch eine Kapelle, sondern eine *band.*

„Worum geht's in deiner *Storry*?", werde ich gefragt. Ich schreibe Geschichten und veröffentliche diese selbst, doch mag ich kein *selfpublisher* sein. Meine Bücher haben wunderbar passende Titelbilder und keine *cover.* Die Leipziger Buchmesse wirbt mit *event tickets.* Man lädt mich ein, *Meet and Greet* zu besuchen. Wenn ich den Stand nicht finde, hilft mir keine Auskunft, sondern der *point of information.* Ich entdecke ein Plakat mit dem Aufruf, *shelfies* für einen *contest* einzusenden. Für Jungautoren ist ein *future!publish!* organisiert und für Buchhändler *Best Practise,* um ihren Umsatz zu steigern. Nach der Messe gab es ein *statement.*

Das Arbeitsamt wurde ganz modern und zeitgemäß zum *job center* und demzufolge die Arbeitsstelle zum *job.* Hier trifft man sich nicht zu wichtigen Besprechungen, sondern nennt es *meeting.* Selbst die kleinste Firma möchte nicht mehr in der nächsten Umgebung verkaufen, sondern viel lieber *global player* sein und weltweit per *website* mit ihren Produkten werben.

Im Sport gibt es statt eines Spiels ein *match* – man *fights* mit viel *power.* Aus dem Sieger ist der *winner* geworden, aus dem Tormann der *keeper.* Im Wald treffe ich statt der vielen Dauerläufer nur noch *jogger* oder auch *biker,* die schon lange keine Radfahrer mehr sind. Bei einem Zusammenstoß bittet keiner um Entschuldigung, sondern ruft fröhlich *sorry.* Begegne ich einem Bekannten, wünscht er mir keinen Guten Tag – ein kurzes *hallo* reicht ihm völlig aus. Und falls er alleinstehend ist, nennt er sich *single.*

Man mietet kein Auto, sondern *rent a car.* Man geht nicht einkaufen, sondern *shoppen.* Über den Schaufenstern kleben große Hinweis-schilder: *sale.* Ich kaufe im *shop* kein Unterhemd, sondern ein *top,* dazu einen *slip* und keinen Schlüpfer, statt Pullover bevorzuge ich *shirts* und *leggins* statt Strumpfhosen. Wenn ich Pech habe, finde ich zum Bezahlen keine Kasse, sondern nur einen *POS (point of sale).* Viele Leute gönnen sich einen *coffee to go* und trinken ihren Kaffee aus Pappbechern.

In Fernsehsendungen bzw. *shows* werden *best of* geboten und *Germanys next topmodel* oder *the voice of Germany* gesucht, die in *battles, challenges* oder *competitions* gegeneinander antreten.

Nein, lieber Leser – Englisch spreche ich mit Ausländern, wenn sie kein Deutsch verstehen. Hierzulande benutze ich unsere wunderbare Sprache, gern auch mit Dialekt, um das Heimatgefühl zu verstärken.
An der englischen Krankheit leide ich zum Glück nicht und mache es mir zur Aufgabe, unsere schöne Sprache so gut es mir möglich ist zu pflegen.

Die bunte Wiese

„Du sollst doch nicht auf der Wiese spielen!",
schimpfte der Vater. „Dein Ball kullert immer auf
die Blumenbeete und richtet Schaden an."
Jakob nahm seinen Ball und trottete langsam
um die Hausecke.
„Wirf den Ball nicht wieder ans Garagentor oder
an die Hauswand!", rief ihm der Vater nach.
Am Gartentor beugte sich Jacob weit über den
Zaun und schaute die Straße hinunter. Keiner
seiner Freunde war zu sehen. Sie spielten
sicher genauso wie er daheim und langweilten
sich. Und keiner von ihnen durfte hinaus auf die
Straße oder gar allein zum Spielplatz. Die
Mutter ging nicht gern mit ihm zum Spielplatz,
obwohl dort immer viele Kinder waren. Doch sie
wollte nicht, dass er sich in den Sandkasten
setzte.
„Dort wirst du nur schmutzig, außerdem haben
sicher Hunde hinein gepullert", befand sie.
Dabei hatten sie noch nie einen Hund auf dem
Spielplatz getroffen.
„Du hast einen schönen Sandkasten im Garten.
Geh dort spielen!"

Doch so allein machte es keinen Spaß, Burgen zu bauen. Nicht einmal mit dem Bagger wollte er allein spielen.

Am Samstag brachten die Eltern Jakob zu Tante Gerda aufs Land.

„Sonntag Abend holen wir dich wieder ab. Du darfst bei der Tante übernachten."

Die Mutter gab ihrem Sohn noch einen Kuss, der Vater klopfte ihm auf die Schulter. Dann stiegen sie ins Auto und fuhren davon.

Jakob mochte die Tante. Wenn sie lachte, wackelte ihr ganzer Körper lustig mit. Und sie lachte sehr oft. Vor allem mochte er Lena. Sie war schon sechs Jahre alt und kannte viele lustige Spiele.

„Komm! Wir gehen raus!", rief sie vergnügt und rannte durch die Tür und gleich zum Gartentor hinaus. Jakob blieb verdutzt stehen. Er fürchtete, dass die Tante schimpfte, wenn sie einfach so davon liefen. Doch Lena war schon um die nächste Hausecke verschwunden. Also beeilte er sich, sie einzuholen. Er flitzte um die Kurve und stand vor einem Hang, an dem der Weg endete. Von Lena keine Spur.

Jakob stieg den Hang hinauf und befand sich auf einer riesigen Wiese. Das war keine gewöhnliche Wiese wie daheim, denn sie war nicht grün, sondern ganz bunt. Überall blühten

Blumen in allen Farben, gelbe, blaue, weiße, violette und leuchtend rote. So etwas hatte Jakob noch nie vorher gesehen. Das Gras war nicht kurz, sondern ganz lang mit Rispen an den Enden, die im Wind hin und her schwenkten. Und über der Wiese summte und schwirrte es – unzählige bunte Schmetterlinge, Bienen und Hummeln flogen wild durcheinander. Jakob wagte nicht, sich zu bewegen, denn sonst hätte er eines der Blümchen zertreten oder gar einen der Käfer, die überall herum krabbelten.

Doch wo war Lena? So sehr sich Jakob auch anstrengte, er konnte sie nirgends entdecken. Auf einmal erhob sich ihr blonder Lockenkopf zwischen all den bunten Blumen und dem hohen Gras. Schnell lief er zu ihr und sah gerade noch, wie sie eine weiße Blüte direkt in ihren Mund steckte.

„Du darfst doch keine Blumen essen!", rief er entsetzt aus. „Du bist doch keine Kuh."

„Gänseblümchen mag ich am liebsten", verkündete Lena.

Sie kauerte sich ins Gras und pflückte viele weiße, gelbe und lila Blumen ab. Diese flocht sie zu einem dicken Bund zusammen und steckte sich immer mal eine Blüte in den Mund.

„Willst du nicht kosten?" Sie hielt Jakob eine

gelbe Blüte entgegen. „Ringelblumen schmecken gut."

„Und wenn die nun giftig ist?"

„Dann würden die Kühe sie auch nicht fressen." Erschrocken schaute sich Jakob um. „Laufen hier etwa Kühe herum?"

Lena lachte. „Hier nicht. Aber dort hinten."

Sie zeigte mit dem Arm weiter den Hang hinauf. Kurz vor dem Wald lagen mehrere Kühe widerkäuend im Gras. Lena lachte wieder.

„Die kommen nicht hierher, dort ist ein Zaun."

Erleichtert seufzte Jakob.

„Magst du keine Kühe?", fragte Lena überrascht.

Jakob schüttelte den Kopf.

„Sie sind so groß und sie haben so ein schrecklich großes Maul."

„Aber damit fressen sie doch nur Gras", erklärte Lena. „Ich mag jedenfalls Kühe. Ich mag überhaupt alle Tiere."

Mit Tieren kannte sich Jakob überhaupt nicht aus. Er war mit den Eltern schon einmal im Zoo gewesen. Doch dort hat es der Mutter nicht gefallen, weil die Tiere so stanken. Deshalb sind sie nie wieder hingegangen, obwohl Jakob besonders die großen Raubkatzen spannend fand. Er hatte überhaupt keine Angst, weil sämtliche Tiere hinter Gittern gesperrt waren und ihm nichts tun konnten. In der Stadt traf er nur manchmal einen Hund, der an der Leine spazieren geführt wurde.

„Und wenn nun ein Hund auf die Wiese und die Blumen gepullert hat?"

Gleichmütig zuckte Lena mit der Schulter.

„Na und?"

Eine Biene setzte sich auf Lenas gelben Pulli. Schnell fuchtelte Jakob mit den Armen und rief: „Weg da!"

„Warum machst du das?"

„Damit sie dich nicht sticht."

„Warum sollte sie?", wunderte sich Lena.

„Meine Mutter macht das immer so, wenn eine Biene geflogen kommt."

„Meine Mutter sagt, dass Bienen nur stechen, wenn man nach ihnen schlägt."

Das klang für den Jungen logisch. Mit den Augen verfolgte er die Biene, die sich auf eine Blume setzte. Doch am meisten staunte Jakob über die vielen bunten Schmetterlinge, die ununterbrochen von Blüte zu Blüte flatterten.

„Die gibt es in unserem Garten nicht."

„Nicht?"

Einen Garten ohne Schmetterlinge konnte sich Lena nicht vorstellen.

„Ich will auch Schmetterlinge in unserem Garten", bat Jakob am nächsten Tag seine Eltern.

Überrascht schaute der Vater auf.

„Warum denn das?"

„Weil sie so schön sind. Ohne Schmetterlinge ist der Garten langweilig."

„Kann man denn Schmetterlinge kaufen?"

Jakob zuckte mit der Schulter.

„Tante Gerda sagt, dass sie überall dort sind, wo es Wiesen gibt."

„Aber wir haben doch ganz viel Wiese am Haus."

Jakob schüttelte den Kopf.

„Tante Gerda sagt, wir haben keine Wiese, sondern nur Rasen und deshalb keine Schmetterlinge und auch keine Bienen."

„Ich mag keine Bienen. Sie würden mich stechen, wenn ich im Garten sitze", befand die Mutter. „Außerdem sieht ein hübscher grüner Rasen viel ordentlicher aus."

„Aber nicht so schön wie die Wiese mit vielen bunten Blumen", maulte Jakob.

„Wir haben auch viele Blumen", korrigierte der Vater.

„Aber nur an der Hauswand. Sie stehen wie die Soldaten in einer Reihe hinter einer Mauer aus Steinen."

Nun lachte der Vater.

„Das gefällt dir wohl nicht?"

Jakob schüttelte energisch den Kopf.

„Nein. Und den Schmetterlingen auch nicht."

Der Vater ging mit großen Schritten im Garten hin und her. Dann winkte er seinem Sohn.

„Was hältst du davon, wenn wir hier im hinteren Teil eine Wiese für deine Schmetterlinge anlegen und nur vorn an der Terrasse für die Mama ein kleines Stück Rasen lassen?"

Jakob sprang vor Freude hoch in die Luft und jubelte laut.

„Juhuu! Eine bunte Wiese, ich bekomme eine bunte Wiese."

„Dann fahren wir morgen zum Gartenzentrum und kaufen Samen für eine bunte Blumenwiese", beendete der Vater das Thema.

Der schöne Fremde

„Ich muss gehen, sonst verpasse ich meinen Bus", sage ich bedauernd zu meinem Freund. Ich wohne fünf Kilometer entfernt in einem kleinen Dorf und will keinesfalls allein durch die dunkle Nacht laufen. Außerdem achtet mein Vater streng darauf, dass ich pünktlich vor Mitternacht daheim bin.

Mein Freund Steffen begleitet mich zum Ausgang des Tanzbodens. Da sehe ich *ihn* an der Bar stehen, einen aufregend schönen Fremden.

„Ich bleibe", verkünde ich und tanze mit Steffen direkt neben der Bar, damit ich den attraktiven Unbekannten nicht aus den Augen verliere.

„Die Kleine da stiert dich ständig an. Kennst du die?"

Der Begleiter des Fremden zeigt in meine Richtung. Dieser schaut mich an und lächelt. Ich lächle zurück und merke, dass ich rot werde. Schnell drehe ich mich weg.

Plötzlich legt sich eine warme Hand auf meine Schulter. Ich weiß sofort, dass *er* es ist, lasse meinen Freund einfach stehen und tanze die ganze Nacht nur noch mit *ihm*.

Hand in Hand laufen wir zum Ortsende und bleiben unter der letzten Straßenlaterne der Stadt stehen. Der schöne Mann nimmt meinen Kopf ganz sanft zwischen seine großen Hände und küsst mich mitten auf den Mund. Ich fühle seine sehr weichen Lippen. Mir werden die Knie weich, ich muss mich festhalten. Er umfasst meine Unterarme und schiebt sie sanft zurück. Dann dreht er sich um und geht.
Ich stehe allein in der Dunkelheit.

Smartphones

„Schicke mir sofort das Foto!", fordert energisch meine Freundin.

Sie kreischt dabei so laut, dass ich mein Handy fast fallen lasse. Ich stehe im Laden und probiere Kleider an. Wie also könnte ich ihr jetzt sofort ein Foto schicken?

„Welches Foto?", frage ich.

„Na, von dir in deinem neuen Kleid."

„Ich bin noch im Laden."

„Eben. Du machst jetzt ein Selfie und schickst es mir. Dann sage ich dir, ob das Kleid hip ist."

Bianca ist sehr modebewusst, urteilt allein nach dem *must have* der jeweiligen Saison. Sie weiß nicht, was mir gefällt und gut zu mir passt. Zu mir passt Blau und mir gefallen kleine Streublümchen. Doch weder die Farbe noch das Muster sind im Moment *angesagt* und demzufolge in kaum einem Geschäft zu finden. Ich habe trotzdem ein blaues Sommerkleid entdeckt, allerdings mit großen grünen Ornamenten darauf, die fast wie Blätter aussehen. Ich weiß noch nicht, ob ich es kaufe.

„Kannst du dir nicht merken, dass ich solch ein Wischbrett nicht habe?", gifte ich Bianca an.

„Wischbrett?"

„So ein Smartding zum Daraufherumwischen."
Bianca versteht mich nicht. Also muss ich erklären: „Ich habe ein ganz normales Tastenhandy."
„Waaas? So ein Seniorenteil?"
Seniorenteil. Die spinnt.
„Ich brauche kein Smartphon."
„Wie doof ist das denn?", empört sich Bianca und legt grußlos auf.
Na so was! Ist sie jetzt beleidigt, weil ich ihr kein Foto schicke? Ich hätte ihr das Kleid ebenso gut mit Worten beschreiben können.

Mein Handy schalte ich nur ein, wenn ich außer Haus bin. Daheim nutze ich Festnetz. Doch eigentlich mag ich keine Anrufe, denn irgendwie stören sie immer. Unterwegs klingelt es, wenn ich im Auto sitze oder beim Einkauf bin. Daheim nervt es, wenn ich zum Beispiel gerade koche oder gemütlich einen Film anschaue. Zum Glück hat mein Freund eine Festplatte im Sat-Receiver, so dass er die Sendung aufnehmen und ich sie nach dem Telefongespräch weiterschauen kann.

Meine Freunde, Kollegen und überhaupt alle, die ich kenne, haben Smartphones, Tablets und WhatsApps. Die halten sie für irrsinnig wichtig, für etwas, das man unbedingt zum Leben braucht. Ich habe gelesen, dass Smartphone-Nutzer im Durchschnitt mehr als 250 Mal pro Tag auf ihr Handy schauen, oft sogar ganz unbewusst. Sie „hören" es klingeln, obwohl es überhaupt nicht geklingelt hat und schauen sofort nach, ob und was sie möglicherweise verpasst haben. Schon morgens im Bett wird das Wetter *gecheckt* und die ersten Nachrichten an Freunde verschickt. Mein Freund sagt, dass seine Kollegen gut drei Stunden während ihrer Arbeitszeit mit ihrem Smartphone beschäftigt sind. Sie verschicken täglich Fotos von ihrem Essen und wie sie mit irgendwem irgendwo stehen, sitzen oder liegen. Da ich wegen meines „Senioren"handys in keiner WhatsApp-Gruppe bin, bleiben mir derartige Bilder erspart. Immerhin erhalte ich SMS. Das sind kurze Mitteilungen wie „bin im thai" oder „komme später" oder „bei lisa". Komplette Sätze sind ihnen zu lang, Groß- und Kleinschreibung nicht zeitgemäß.

Wenn ich mit Bianca unterwegs bin, lächelt sie ständig in ihr Handy und verschickt diese Aufnahmen ins All. Sie ist nie dort, wo sie ist, sondern überall und nirgends und nie ganz bei mir. Wozu gehe ich mit ihr aus? Sie sieht mir höchst selten in die Augen und wenn, dann nur kurz, um sofort wieder auf ihr Handy zu schauen und irgendeine Kurznachricht zu schreiben oder weiterzuleiten. Meist muss ich noch aufpassen, dass sie dabei nicht irgendwo dagegen rennt.

Als Bianca noch kein Smartphone besaß, fand ich unsere gemeinsame Freizeit viel lustiger. Heute verbringen wir unsere Zeit zusammen, doch leider nicht mehr miteinander. Sie hört nicht, was ich sage, weil sie gerade nach einem Foto von einer ganz niedlichen Katze sucht, das sie mir unbedingt zeigen muss. Was geht mich diese fremde Katze an, die meine Freundin selbst nicht kennt, die ihr irgendein unbekannter Netzbekannter aus unerfindlichen Gründen schickte? Manchmal glaube ich, dass sie nur über ihr mobiles Gerät funktioniert.

Gestern schoss eine Frau an mir vorbei, die ein Kleinkind hinter sich her zerrte. Ihre Handtasche hing in der Armbeuge und in der Hand hielt sie ein Daddelgerät, auf dem sie mit dem Daumen herumtippte. Plötzlich schrie sie: "Komm endlich!", ohne von ihrem Teil in der Hand aufzusehen. Ich sah gut zehn Meter hinter ihr ein etwa vierjähriges Mädchen, das weinte. War das Kind gestürzt? Wollte es der Mutter etwas erzählen? Oder war ihm der Keks aus der Hand gefallen? Bei dem Kleineren hatte ich schon bemerkt, dass es mitten beim Laufen an einem Schokoriegel lutschte.

„Sie sollten lieber auf Ihr Kind schauen statt auf Ihr Handy."

„Blöde Kuh!", schrie mich die Frau an.

Eigentlich wollte ich etwas entgegnen, doch ich tat es nicht. Es war nicht richtig von mir, mich ungebeten einzumischen. Mich hat es nur furchtbar geärgert, dass dieser Frau ihr Smartphone wichtiger war als ihre Kinder,

In der Zeitung hatte ich gelesen, dass der Stadtrat Bodenampeln für Handygucker installieren will, um sie vor schweren Unfällen zu schützen. Dabei würden rote LED-Leuchten entlang des Bordsteins am Übergang blinken, sobald das Fußgängersignal der Ampel auf Rot schaltet und sich eine Straßenbahn nähert. Diese LEDs seien selbst aus größerer Entfernung gut sichtbar, was die Sicherheit auch außerhalb des Überwegs erhöht.

Ich glaube nicht, dass das die richtige Lösung ist.

Ich will hören und sehen, was um mich herum passiert und möchte darauf reagieren. Doch die Leute, denen ich begegne, haben ihre Ohren verstöpselt und wischen auf ihren Smartphones herum. Sie blenden ihr Umfeld und sämtliche

Geräusche bewusst aus, konzentrieren sich allein auf sich selbst. Deshalb finde ich unterwegs nur noch selten Unterhaltung - meist mit älteren Leuten, die mit ihrem Hund durch den Wald spazieren und sich über einen freundlichen Gruß oder ein Gespräch freuen.

Vor wenigen Jahren mailte ich entfernt lebenden Freunden und Verwandten meine Erlebnisse und erkundigte mich nach deren Wohlbefinden. Doch geschriebene Texte sind ihnen inzwischen zu umständlich. Ihnen genügen Fotos auf ihr Handy. Sie verschicken ein Bild von ihrem Mittagessen. So erfährt alle Welt, dass sie gerade einen Kaffee schlürfen, aber nicht, ob sie Sorgen haben oder glücklich sind.

Um trotz fehlender WhatsApp in Kontakt mit meinen Freunden zu bleiben, habe ich mich auf Facebook registriert. Nun kann ich auf meinem Computerbildschirm zu jeder Zeit Nachrichten von ihnen sehen und weltweit neue Kontakte knüpfen. Doch eigentlich geht es nicht um Kontakte, sondern um das Sammeln von *likes*. Wer eine Kurznachricht gelesen hat, bewertet diese mit einem lustigen *emoticon*, das einen erhobenen Daumen, ein weinendes, lachendes oder wütendes Gesicht zeigt oder ein Herz.

Zeichen spielen offenbar eine größere Rolle als Worte.

Den Kurznachrichten auf Facebook hängen immer Fotos von Blümchen und herzigen Tierchen an. Die haben selten etwas mit dem Text zu tun, doch das stört nicht. Ganz im Gegenteil, denn Texte ohne Bild werden einfach übersehen. Diese Fotos werden *geteilt*. Das halbiert sie witzigerweise nicht, sondern vermehrt sie auf wundersame Art. So erreichen sie nicht nur bekannte Internet"freunde", sondern Leute in der ganzen Welt, die sie nicht kennen und die sie niemals im Leben kennenlernen werden. Und alle haben dieses ach-so-niedliche Katzenbild gesehen.

Vielleicht haben Smartphone-Nutzer mehr Unterhaltung als ich. Sie zeigen sich gegenseitig mehr oder weniger lustige Fotos, das ist ihre Unterhaltung. Oberflächlich. Wie das *surfen* im Internet. Sie gleiten über alles hinweg, lesen oft nur die Überschriften statt der Texte. So verstehen sie immer weniger und wissen am Ende nichts mehr, weil sie kein Interesse und sowieso keine Lust haben, irgendetwas zu vertiefen. In der Fachsprache nennt man das Schwarmdummheit.

Um Zeit zu sparen und schnell auf *senden* zu drücken, verwendet man Abkürzungen. *Bd* bedeutet bis dann, *bm* bis morgen, *gg* großes Grinsen und *lg* liebe Grüße. Besonders lieb können diese lieben Grüße nicht gemeint sein, wenn man sie derart lieblos abkürzt.

Lieblos. So ist es. Die emotionale Nähe wird immer geringer und geht irgendwann komplett verloren.

Bin ich altmodisch, weil ich meinem Gegenüber in die Augen schauen möchte? Mir ist der direkte Kontakt zu Menschen wichtig. Mit der Körperhaltung mildert man harte Worte oder verstärkt sie, ebenso mit der Stimme.

Mein Fazit: Ein smartphone brauche ich nicht.

Im Biergarten

„Darf ich mich hierher setzen?", fragt ein älterer Herr.

„Wenn´s sein muss", brummt der Mann am Nachbartisch.

Irritiert schaut sich der Alte um. Ich sehe, wie seine Hand zittert und das Bier in seinem Glas herauszuschwappen droht. Vier weitere Tische im Biergarten sind zwar frei, doch sie stehen im Schatten. Bevor er sich seufzend dort niederlässt, treffen sich unsere Blicke. Ich lächle ihn an und er kommt zögernd auf den Tisch zu, an dem ich mit meinem Mann sitze.

„Darf ich?", fragt er schüchtern.

„Gern, wenn sie sich nicht vor unserem Hund fürchten."

Ich zeige unter den Tisch. Mein Hund richtet auf und hebt seine Schnauze in die Höhe. Es ist ein Rottweiler, also ein recht großer und für manche Leute furchteinflößender Hund. Nun lacht der Mann.

„Wenn er mich nicht beißt, ist alles gut."

Ich halte ein Stück Trockenfleisch in die Höhe, bevor ich es dem Hund gebe und sage: „Das schmeckt ihm sicher besser."

Ein anderes Paar setzt sich ebenfalls zu uns an den Tisch. Auch sie mache ich auf unseren Hund aufmerksam.

„Oh! Wir haben unseren Hund im Auto gelassen", sagt die Frau.

Hoffentlich haben sie einen Schattenplatz gefunden. Es sind zwar nicht mehr als zwanzig Grad, doch im Auto heizt sich die Luft schnell auf. Vor allem, wenn es ein großes Tier ist.

„Was haben Sie denn für einen Hund?", erkundige ich mich.

„Einen Labrador, einen blonden, 42 Kilo schwer", erklärt stolz die Frau.

Der Mann nickt dazu.

„Und warum darf er nicht mit in den Biergarten?"

„Manche Leute stören sich an solch einem großen Hund. Außerdem ist er derart verfressen, dass wir keine wirkliche Ruhe hätten, unser Essen zu genießen."

„Unser Hund bekam immer als erster zu fressen", mischt sich nun die Dame vom Nachbartisch ein, die den älteren Herrn nicht an ihrem Tisch haben wollte. „Danach lag er still unter dem Tisch und rührte sich nicht mehr. Das ist alles eine Frage der Erziehung."

„Natürlich", pflichtet ihr die Frau bei.

Ich sehe zu dem alten Mann und merke, dass er zur gleichen Zeit wie ich seine Augen verdreht. Er lacht plötzlich und ich schaue ihn fragend an.

„Ich habe eben an meinen Hund gedacht."

Interessiert beuge ich mich ein wenig vor und erwarte eine lustige Geschichte. Doch der Mann schweigt und schüttelt seinen Kopf.

„Was haben Sie denn für einen Hund?", will die Frau am Tisch wissen.

„Hatten. Ich hatte eine Dachsbracke."

„Oh!", ruft mein Mann überrascht aus. „Einen Jagdhund. Das sind schöne Tiere. Jagen Sie denn?"

Wieder lacht der Mann.

„Ich nicht, aber mein Hund."

„Ach, du lieber Gott!", schreit die Frau am Nachbartisch empört.

Das scheint den Mann zu animieren, seine Geschichte nun doch zu erzählen.

„Er killte die Hühner der Nachbarin."

„Ach, du lieber Gott!", wiederholt die Frau.

„Er biss sämtlichen Hühnern die Kehle durch und legte sie nebeneinander vor mein Haus, alle hübsch in einer Reihe und gerade ausgerichtet."

Ich hatte so etwas schon einmal in einem Film gesehen. Allerdings waren es keine Hühner, sondern Hasen. Dachsbracken werden von Jägern abgerichtet. Ob einige Tiere instinktiv wissen, was von ihnen erwartet wird?

„Hat Ihre Nachbarin Sie verklagt?", erkundigt sich die Frau vom Nachbartisch.

„Aber nein. Ich habe ihr die Hühner bezahlt und den Legeverlust für das Folgejahr ebenfalls. Leider hat mein verrückter Hund auch von den neu gekauften Hühnern kein einziges leben gelassen, sondern sie ebenso tot vor meinem Hauseingang aufgereiht."

„Konnten Sie nicht besser auf den Hund aufpassen?", fragt die Frau recht aufgebracht.

Der Mann schüttelt den Kopf.

„Er hat sich unter dem Zaun hindurch gegraben und so das Grundstück verlassen. Und genauso grub er sich in das Grundstück, auf dem die Hühner herumliefen, hinein."

Ich wundere mich, dass der Mann einen Jagdhund hält, obwohl er gar nicht zur Jagd geht und frage ihn danach.

„Ich habe den Hund aus dem Tierheim. Wissen Sie, ich kenne mich mit Hunderassen nicht so aus und wollte nur nicht so allein sein auf meine alten Tage. Meine Bella lag in einem grauenhaften Käfig und schaute mich ganz ruhig durch die Gitterstäbe an. Mir hat das sofort gefallen und ich nahm sie mit zu mir. Ich habe ein großes eingezäuntes Grundstück am Ortsrand mit viel Auslauf und glaubte, das wäre ideal für einen Hund."

„Aber man muss doch mit dem Hund an der Leine spazieren gehen", erklärt die Frau. „Mein Mann nimmt unseren Leo vier Mal am Tag mit hinaus aufs Feld. Nicht wahr, Hermann?"

Die Frau stößt mit dem Ellenbogen ihren Mann grob gegen den Arm. Er soll ihr offenbar zustimmen, doch er antwortet nicht und nickt nur.

„Im Tierheim hätte man Ihnen sagen müssen, dass es ein abgerichteter Jagdhund ist."

Dem kann ich nur zustimmen. Vielleicht wurde er von einem Jäger trainiert und dann aus irgend einem Grund abgegeben. Die Vorgeschichte der Tierheimhunde ist selten bekannt.

„Hat ihn ein Jäger erschossen?", will die Frau nun wissen.

Erschrocken schaut der Mann auf. Dann nimmt er einen großen Schluck Bier aus seinem Humpen und schüttelt den Kopf.

„Vor meinem Haus läuft die Bundesstraße 10, wo Tag und Nacht viel Verkehr herrscht. Über diese Straße musste der Hund, wenn er in den nahen Wald wollte."

Betroffen halte ich meine Hand vor den Mund. Ich ahne schon, wie die Geschichte weitergeht und sehe, dass alle Augenpaare gespannt auf den Mann gerichtet sind.

„Drei Monate lang kam meine Bella immer unverletzt über die Straße. Bis auf das eine Mal, da erwischte sie ein Auto und sie verstarb sofort. Die Versicherung zahlte den Schaden am Fahrzeug, die Halter verklagten mich trotzdem."

„Hätte ich auch gemacht", giftete die Frau am Nachbartisch.

„Doch der Richter hatte selbst einen Jagdschein und zwei Bracken. Er kannte diese Tiere und hatte wohl ein Herz für sie."

Mir tut der Mann leid. Er schüttelt gedankenverloren seinen Kopf, dann schmunzelt er.

„Wir haben nach der Verhandlung noch über meine Bella gesprochen und dabei erzählte ich ihm von der Hühnergeschichte. Wissen Sie, was der Richter wissen wollte?"

Wir schütteln alle gleichzeitig mit dem Kopf.

„Ob ich den Hund gelobt habe."

„Für das Hühnertöten?", frage ich entsetzt.

„Der hat Sie reinlegen wollen und womöglich geglaubt, Sie haben dem Hund das Hühnerstehlen beigebracht", vermutet mein Mann.

„Das dachte ich auch. Doch dann sagte der Richter ganz ernst, dass der Hund alles richtig gemacht hätte. Und dafür müsste ich ihn unbedingt loben. Das konnte ich gar nicht glauben."

Der Mann lacht und alle stimmen mit ein. Nur die Frau am Nachbartisch schüttelt empört den Kopf.

Minutenlang bleibt es still am Tisch. Jedem tut das frühe Ende von Bella leid, obwohl sie ihrem Halter so viele Unannehmlichkeiten brachte.

„Unser Hund frisst gern Maiskolben", erzählt plötzlich der Mann an unserem Tisch, der sich bisher noch nicht am Gespräch beteiligt hatte.

„Maiskolben?", hake ich überrascht nach.

„Ja. Wenn der Mais reif ist, geht er ins Feld und bricht sich einen Kolben heraus. Den Halm lässt er stehen."

Verwundert schüttle ich meinen Kopf.

„Er legt den Kolben vor sich hin, hält ihn mit einer Pfote fest und schält mit den Zähnen sorgsam die Blätter ab. Dann frisst er genüsslich die süßen Körner."

Von einem Hund, der Mais frisst und ihn vorher selbst erntet, habe ich noch nie gehört.

„Die Hunde der Nachbarschaft tun es ihm nach. Doch sie knicken die Halme um und es sieht hinterher aus, als wäre eine Herde Wildschweine im Feld gewesen."

Was es alles gibt!

Plötzlich kläfft es laut. Ein kleiner Yorkshire Terrier steht auf seinen Hinterbeinen und versucht, unter unseren Tisch zu gelangen. Sein Frauchen hält die Leine straff und hat sichtlich Mühe, ihren Winzling zurückzuhalten. Unser Rottweiler hebt langsam seinen Kopf, schaut kurz auf und lässt seine Schnauze wieder auf den Steinboden sinken.

Die Frau rümpft die Nase und sagt betont affektiert: „Dürfen solch große Kampfhunde mit in einen Biergarten? Möglicherweise sogar ins Lokal! Das finde ich ganz und gar nicht gut."

Immerhin macht unser großer Hund nicht solch einen Lärm wie dieser kleine Giftzwerg. Der Mann am Tisch zwinkert mir zu, was wohl bedeuten soll: „Habe ich´s nicht gesagt?"

„Wer sich ordentlich benimmt, darf überall hin. Wer nicht, der nicht", brummt der alte Mann an unserem Tisch.

Ich verbeiße mir mühsam das Lachen.

Die Bedienung bringt unseren üppig gefüllten Brotzeitteller und für meinen Mann ein zweites Bier.

„Ich würde gern hier draußen sitzen, doch die Tische stehen alle im Schatten", beklagt sich die Frau, die immer noch versucht, ihren kleinen Terrier daran zu hindern, unter unseren

Tisch zu schlüpfen. „Außerdem hat mein Randolf", sie zeigt auf ihren Hund, „Angst vor dem großen Hund", und weist mit der freien Hand unter unseren Tisch.

Die Wirtin hebt bedauernd ihre Arme.

„Sie dürfen gern ins Lokal, wenn sich Ihr Hündchen ruhig verhält."

Hilfesuchend schaut sich die Dame um. In diesem Moment kommt ein kräftiger Herr, der einen stattlichen Bierbauch vor sich herschiebt, näher. Er zeigt auf den Nachbartisch und setzt sich wortlos hin. Gespannt schauen wir hinüber und erwarten, dass sich die Herrschaften am Tisch jede Gesellschaft verbitten.

„Wir wollten ohnehin gerade gehen. Herbert, du musst noch zahlen!", säuselt die Dame bemüht freundlich.

„Bassdscho!", brummt der Dicke. Dann beugt er seinen Kopf kaum merklich in Richtung Schoßhund und zischt: „Scht!"

Sofort ist Ruhe. Der kleine Hund kriecht unter die Sitzbank und ist während der nächsten halben Stunde weder zu hören noch zu sehen.

Die Sinne des Menschen dienten mir als Vorlage für die folgenden elf Geschichten.

Die fünf klassischen Sinne prägen das gesamte Denken: ob man gerade viel um die Ohren hat oder jemanden nicht riechen kann, ob man Fingerspitzengefühl besitzt oder einen guten Geschmack. Wenn jemandem die Sinne schwinden, wird er ohnmächtig. Manche Leute haben keinen Sinn für Humor. Wenn man nachdenkt, geht einem etwas durch den Sinn.

Mit dem **Auge** nimmt man 80 Prozent aller Informationen auf. Der Mensch glaubt nur, was er sieht. Mit dem Auge können wir Formen und Farben erkennen.

Mit dem **Ohr hören** wir Töne, Klänge und Geräusche.

Was schlecht **riecht,** kann auch nicht gut **schmecken**.

Die **Haut** ist unser größtes Sinnesorgan, sie bedeckt die gesamte Körperfläche. Mit der Haut **fühlen** wir Wärme, Kälte und Berührungen.

Am besten ist es natürlich, wenn man alle seine fünf Sinne beisammen hat.

Es gibt auch einen „sechsten Sinn". Dabei bemerkt man etwas ganz unbewusst, was man mit den bekannten Sinnesorganen Auge, Ohr, Nase, Mund und Hand nicht wahrzunehmen vermag. Deshalb spricht man von einer **außersinnlich**en Wahrnehmung.

Doch das ist noch nicht alles. Wir kennen außerdem **Eigensinn, Schwachsinn, Unsinn, Blödsinn, Spürsinn** und **Leichtsinn.**

Lange Rede, kurzer **Sinn**: Jetzt folgen **sinnvolle** Geschichten.

Ein Fest für die Sinne

Heiko führt mich in ein Lokal und lächelt verschmitzt. Was hat er sich jetzt wieder ausgedacht? Ich mag keine Überraschungen. Trotzdem denkt sich mein Freund ständig neue Überraschungen aus.

Einmal hatte er ein Austern-Essen gebucht. Dabei schlürft man Glibberiges aus einer Muschel. Das war gar nichts für mich!

Ein anderes Mal stiegen wir in einen alten klapprigen Bus. Darin fand eine Weinprobe statt. Auch das fand ich nicht lustig, weil der Bus während der Veranstaltung durch die Gegend holperte und man ständig aufpassen musste, nichts zu verschütten.

Wir schipperten sogar einmal auf einem besonderen Boot auf der Elbe, saßen im Kreis um einen Grill, auf dem Steaks und Bratwürste brutzelten. Beim Blick auf die Dresdner Altstadt vergaß ich ganz das Essen.

Ich bin wirklich kein Freund von Überraschungen. Ich möchte vorher wissen, was mich erwartet. Mein Freund weiß das. Trotzdem macht es ihm Freude, sich ständig etwas neues auszudenken.

Wir betreten den Gasthof. Zwei freundliche Kellner nehmen uns die Jacken ab und überreichen uns einen Aperitif. Dann führen sie uns in die Gaststube zu einem Tisch für vier Personen. Ich sitze zwar lieber allein mit meinem Freund und auf jeden Fall ihm gegenüber, um mich besser und ungestört unterhalten zu können. Doch das Paar schräg gegenüber macht einen netten Eindruck. Auf den Tischen brennen Kerzen. Es liegen Besteck für eine Vorspeise, Suppe, Hauptgang und Nachtisch bereit. Die Bedienung fragt, was wir zu trinken wünschen, überreicht uns aber keine Speisekarte. Vermutlich gibt es nur ein einziges Gericht, mit dem ich zufrieden sein muss. Nun – ich bin nicht besonders wählerisch und mag außer Innereien eigentlich jedes Gericht. Trotzdem suche ich lieber selbst aus, was ich essen möchte. Ich bestelle mir einen trockenen Rotwein, mein Freund wählt Bier.

Langsam sehe ich mich um. Die Leute schauen irgendwie gespannt und aufgeregt in die Runde, als warten sie auf etwas ganz besonderes. Vielleicht gibt es eine Art Kabarett. Ein Mann spielt auf dem Klavier ein Stück von Vivaldi. Es ist der Winter, den mag ich besonders gern. Ich lehne mich entspannt zurück. Dann tritt ein anderer Mann in die Mitte.

„Ich begrüße Sie, werte Damen und Herren, zu unserem fantastischen Fest für die Sinne, bei dem sie kulinarisch auf höchstem Niveau verwöhnt werden. Es geht vornehmlich um unsere Sinne Riechen, Fühlen und Schmecken, auch um das Hören. Nur das Sehen wollen wir bei diesem Menü komplett ausklammern."

Wie soll das gehen? Kriegen wir etwa eine Augenbinde?

„Dazu löschen unsere Mitarbeiter die Kerzen. Und zwar sämtliche Kerzen. Somit befinden Sie sich in vollkommener Dunkelheit."

Was soll der Quatsch? Ich kann und will nicht im Dunkeln essen. Ich will sehen, was auf dem Teller liegt und wer mir gegenüber sitzt. Für derartigen Unsinn bin ich nicht zu haben.

„Bedient werden Sie von unseren blinden Kellnern. Ja, Sie haben richtig gehört. Unsere Mitarbeiter sind blind."

Er zeigt auf zwei Männer und eine Frau, die lächelnd in die Runde schauen. Doch wenn sie blind sind, können sie nicht schauen. Wie sollen sie unseren Platz finden? Die Tische? Wenn sie mir die Suppe auf den Hose kippen, raste ich aus.

„Verlassen Sie sich auf Ihre verbleibenden Sinne und genießen Sie die Köstlichkeiten auf Ihrem Teller. Geruchs- und Geschmackssinn wirken im Dunkeln viel stärker und eröffnen damit ganz neue Dimensionen. Hinterher werden wir sie fragen, was Sie glauben, gegessen zu haben. Das Ergebnis wird Sie überraschen. Denn wenn Sie die Möhre nicht sehen, in die sie hinein beißen, schmecken Sie vielleicht ein ganz anderes Gemüse."

Das kann ich nicht glauben. Ich weiß doch, wie eine Möhre schmeckt.

„Genießen Sie diese zwei Stunden. Sie werden sie nicht vergessen. Und falls jemand den Raum verlassen möchte, die Kellner helfen Ihnen jederzeit gern."

Es ist dunkel, unangenehm dunkel. Mir gefällt das nicht. Wo ist das Weinglas? Ich taste auf dem Tisch herum, kann aber nur das Messer und den Löffel fühlen – und Heikos Hand.

„Heiko? Ist das deine Hand?"

Ich will sicher gehen. Nicht, dass ich fremde Finger erwische. Dabei ist das Quatsch, denn Heiko sitzt oder saß rechts neben mir.

„Ja, meine Liebe", beruhigt er mich.

Ich beuge mich ein wenig nach rechts und flüstere: „Kannst du ein wenig näher rücken?"

„Au!"

Ich höre einen dumpfen Ton und der Tisch, auf dem meine Hand liegt, wackelt ein wenig. Vermutlich ist Heiko mit seinem Schuh gegen das Tischbein gestoßen. Ich muss lachen.

Irgendwie ist die Situation wirklich sehr seltsam und vollkommen ungewohnt.

„Ich habe Ihnen Ihre Vorspeise hingestellt und wünsche guten Appetit", sagt plötzlich eine fremde Männerstimme. Ich bin vor Schreck zusammengezuckt, denn ich hatte keine näher kommenden Schritte gehört. Nur das Murmeln der Gespräche an den Nachbartischen.

„Guten Appetit also", wünscht eine Frauenstimme.

Vermutlich ist das die Dame an unserem Tisch.

„Vielen Dank."

„Falls ich den Teller finde."

Es ist kein Teller, sondern ein kleines Glas, das man leicht mit der linken Hand umfassen kann. Doch wo ist meine kleine Gabel? Ich hatte vorhin nur Messer und Löffel gefühlt. Ich taste vorsichtig mit der rechten Hand über den Tisch und versuche, das Besteck zu finden. Es gelingt mir nicht. Weiter oben finde ich den kleinen Dessertlöffel. Der wird gehen.

Ich erkenne Tomaten, Mozzarella und eine undefinierbare Creme.

„Ist das Fisch oder eine Art Gemüsepüree?", frage ich ins Dunkel.

„Erbsen", antwortet die Frau.

„Auf keinen Fall!", ertönt eine tiefe Männerstimme.

Wir rätseln noch eine Weile herum, können uns aber nicht einigen. Mittlerweile finde ich das Ganze recht lustig. Lustig und fröhlich wie die Musik im Hintergrund, es ist Vivaldis Frühling. Ob der Pianist ebenfalls blind ist? Die Tasten kann er jedenfalls nicht erkennen.

„Ich bringe Ihnen jetzt die Suppe", sagt eine fremde Stimme und ich höre, wie der Teller auf der Tischplatte aufsetzt.
„Huch! Hoffentlich bekleckere ich mich nicht."
Die Suppe ist recht dick und lässt sich deshalb problemlos löffeln. Ich habe mir trotzdem meine Serviette auf den Schoß gelegt. Nun kann ich mir allerdings nicht mehr den Mund abtupfen, bevor ich einen Schluck Wein nehme. Ich belasse meine linke Hand am Glas, um mir das suchende Tasten zu ersparen. Für die Suppe brauche ich schließlich nur eine Hand. Sie schmeckt nach Blumenkohl, eine Blumenkohl-Rahmsuppe mit gerösteten Brotwürfeln darin. Darüber müssen wir nicht lange diskutieren.
„Beate. Ich heiße Beate", sagt die Frau am Tisch.
„Sabine. Ich bin die Sabine und das ist mein Freund Heiko."
Die Frau lacht.
„Aha. DAS ist er also. Sehr erfreut."

Nun lache auch ich. Die Atmosphäre ist irgendwie seltsam, doch nicht unangenehm.

„Irgendwie kann man bei Dunkelheit das Essen und die Unterhaltung bewusster genießen", meint der fremde Mann.

„Und die Musik", ergänzt die Frau. „Klavier mag ich nicht so gern, doch hier so ab und zu im Hintergrund stört es mich nicht." Nach einer Pause fragt sie: „Kennt jemand die Musik?"

„Ja", sagen Heiko und ich wie aus einem Munde und kichern.

„Vivaldis Vier Jahreszeiten. Jetzt sind wir beim Sommer. Vorhin hörten wir den Frühling und ganz am Anfang den Winter."

„Dann kommt wohl bald der Herbst."

„Das hoffe ich", meint Heiko. „Auch bei uns zieht bald der Herbst ein. Es ist schon recht frisch draußen und die Blätter der Bäume färben sich bunt."

Heiko mag den Herbst am liebsten, sowohl als Jahreszeit als auch als Musik von Vivaldi.

Ich taste nach dem Teller, den die Bedienung vor mich hinstellt, und suche mit der linken Hand nach der Gabel. Hoffentlich gibt es kein zähes Fleisch, das man erst mühevoll schneiden muss. Das wird schwierig. Ich taste vorsichtig mit der Zunge auf das, was ich mir auf die Gabel geschoben habe. Plupps. Jetzt ist es herunter gefallen. Hoffentlich zurück auf den Teller. Beim nächsten Versuch schiebe ich mir die Gabel ganz in den Mund. Viel ist nicht drauf gewesen. Es ist wohl eine Art Filet mit Reis oder Spätzle oder ganz kleinen Nudeln. Durch die Soße kann ich das nicht so genau feststellen. Immerhin schmeckt es sehr gut. Erleichtert seufze ich. Was ist das wohl für ein Gemüse? Paprika? Brokkoli! Nein, wohl eher nicht. Lieber hätte ich jetzt mit dem Löffel gegessen, weil mir immer wieder Stücke von der Gabel rutschen und ich mich über den Teller beuge, um mich und den Boden nicht zu bekleckern. Im Moment bin ich froh, dass mich dabei keiner beobachten kann.

Plötzlich klirrt es.

„Huch!", schreit Beate. „Iiieh!"

„Mist! Mein Bier!! Tut mir leid."

„Lass mich!" Beates Stimme klingt verärgert. „Ich bin ganz nass. Kannst du nicht aufpassen?"

„Wie denn?", beschwert sich ihr Mann. „Ich sehe doch nichts!"

„Ganz ruhig. Wir bringen das in Ordnung."

Das war bestimmt der Kellner. Doch wie will er die Pfütze in der Dunkelheit finden? Und wie die Scherben? Das Glas ist sicher zerbrochen. Angestrengt lausche ich ins Dunkel. Jetzt höre ich schräg gegenüber ganz deutlich ein

Kratzen. Hoffentlich verletzt sich derjenige nicht bei dieser Arbeit. Der Mann sagte vorhin, dass alle, die hier bedienen, vollkommen blind sind. Ich kann mir ein Leben, in dem ich nichts sehe, nicht vorstellen. Zum Glück muss ich das auch nicht. Und doch überlege ich, wie solch ein Leben wohl wäre. Daheim könnte ich mich mit der Zeit zurecht finden. Vorher müsste wohl einiges umgeräumt werden, damit ich nicht gegen einen Stuhl oder eine Vase stolpere. Doch wie finde ich den Weg zur Arbeit? Kann man überhaupt arbeiten, wenn man blind ist? Mir fällt ein, dass es heute sprechende Computer gibt. Das wäre zumindest eine Möglichkeit.

„Ihr Nachtisch", reißt mich eine Stimme aus meinen Gedanken.
Er wird ebenfalls in einem Glas serviert. Wo ist jetzt mein Löffel? Ach, den hatte ich für die Vorspeise benutzt und die Bedienung abgeräumt.
„Hallo!", rufe ich.
„Was ist?", will Heiko wissen.
„Mein Löffel ist weg."
„Das kann nicht sein."
Ehe ich antworten kann, fragt schräg hinter mir eine Stimme: „Kann ich helfen?"

„Mein Löffel ist weg. Ich habe damit die Vorspeise gegessen."

Kurz darauf habe ich einen neuen Löffel in der Hand und genieße das wunderbar sahnige Dessert. Es schmeckt nach Schokolade und Kirschen. Beate vermutet Aprikosen.

Die Klaviermusik ertönt und ich sehe weiter hinten ein Licht. Die Kellner gehen herum und zünden die Kerzen erneut an. Zuerst schmerzen meine Augen, doch schnell gewöhne ich mich an die schummrige Beleuchtung.

Beim anschließenden Raten, was wir glauben, gegessen zu haben, haben wir noch viel Spaß. Zu recht später Stunde gehe ich ziemlich aufgekratzt und glücklich mit Heiko nach Hause.

Das Haus gegenüber

Ich sitze am Fenster. Ich sitze immer am Fenster. Ich kann nirgendwo anders sitzen als in meinem Rollstuhl. Den schiebt meine Mutter ans Fenster, bevor sie zur Arbeit geht. Manchmal lese ich auch. Doch meist schaue ich einfach nur hinaus und beobachte die Leute, die hier vorüber gehen. Man sollte glauben, dass dies recht langweilig ist, doch das stimmt nicht.

Da kommt zum Beispiel mehrmals am Tag eine dicke alte Frau mit ihrem winzig kleinen Hund vorbei. Beide haben es nicht eilig. Sie trotten langsam vorwärts. Der Hund, es ist so einer mit einer ganz platten Schnauze, ein Pekinese vielleicht, schnüffelt intensiv am Boden. Dann bleibt er stehen und rührt sich lange nicht vom Fleck. Die Frau schaut sich derweil um, ob sich jemand aus der Nachbarschaft zum Schwatzen findet. Ist dies nicht der Fall, zerrt sie den Hund an der Leine mit sich fort.

Dann ist da eine junge Frau, die ich erst für ein Schulmädchen hielt, weil sie so schrecklich dünn ist. Doch sie hat zwei kleine Kinder von vielleicht drei und vier Jahren. Diese Kinder müssen immer rennen, weil die junge Frau so ein unglaublich rasches Tempo vorlegt. Manchmal fahren sie Rad – immer auf dem Fußweg.

Zwischen unserem Haus und der Straße ist ein Stück Wiese mit zwei Sträuchern und einigen Blumen darauf. Jeder Hund, der hier vorbei kommt, und jedes Kind springt auf diese Wiese. Die Hunde schnüffeln, pinkeln und setzen manchmal ihre Haufen. Einige Halter räumen die Haufen weg, andere lassen sie liegen. Dann muss unser Hausmeister kommen und die Wiese säubern.

Die Kinder pflücken die Blumen oder reißen Blätter von den Sträuchern. Meist hüpfen sie im Wechselschritt vorwärts. Oder sie springen auf den Metalldeckel der Wasserleitung, was herrlich laut scheppert.

Am meisten fasziniert mich eine Familie im Haus gegenüber. Sie wohnen im Erdgeschoss, ein großer schlanker Mann und eine dralle Blondine. Sie sind sehr oft auf ihrem Balkon und rauchen, wenigstens zweimal pro Stunde. Der Mann lehnt sich dabei an die Hauswand, die Frau hockt am Boden und ist kaum zu sehen. Auch wenn es sehr kalt ist oder regnet, rauchen sie draußen auf dem Balkon. Das wunderte mich anfangs, doch dann merkte ich, dass sie Kinder haben. Auf diese nehmen sie wohl Rücksicht. Ich glaube, es sind zwei Kinder. So genau kann ich das nicht feststellen, weil in der Einfahrt zu diesem Haus sehr viele Kinder spielen, mindestens zehn. Die jüngsten sind wohl drei, die ältesten acht oder neun Jahre alt. Sie laufen mal hier und mal dort in ein Haus oder spielen auf der Wiese und sausen über die Straße.

Den Mann sehe ich ab und zu mit einem kleinen Jungen an der Hand, den er wohl aus dem Kindergarten abholt. Die Frau fährt einen schwarzen Polo mit goldfarbenen Felgen. Meist ist sie allein unterwegs. Doch manchmal steigen auch ihr Mann und zwei Kinder aus dem Auto. Deshalb glaube ich, dass diese beiden Kinder zur Familie gehören. Wenn sich die Frau bückt, leuchtet mir ihr halber nackter Hintern entgegen. Merkt sie das nicht? Sie hängt sich ihre Handtasche um und geht ins Haus, ohne sich nach ihrer Familie umzudrehen. Der Mann kümmert sich immer allein um die Kinder, das Gepäck und die Einkäufe. Immer. Niemals trägt die Frau einen Beutel oder nimmt eines ihrer Kinder an die Hand. Dafür ist offenbar der Mann zuständig.

Neulich glaubte ich, sie hätten Besuch, weil eine fremde Frau auf dem Balkon stand und rauchte. Sie hatte pechschwarze Haare. Dann erkannte ich weiße und rote Spitzen und merkte, dass die Haare nur gefärbt sind. Mal kommt die Frau blond, mal rot und nun schwarz mit weiß-roten Spitzen daher. Das sieht lustig aus.

Die dralle Frau von gegenüber wird immer dicker. Sie ist ganz offensichtlich schwanger, raucht aber trotzdem. Doch so genau kann ich das nicht sehen, wenn sie auf dem Balkon kauert. Ich sehe nur, dass nun der Mann die Wäsche aufhängt. Er geht neuerdings einer Arbeit nach. Vermutlich ist er Fahrer, denn er parkt oft einen Transporter mit der Aufschrift *Express-Kurier* vor dem Haus. Bis vor kurzem glaubte ich, er hätte gar keinen Führerschein, weil immer die Frau den Polo fährt. Ich vermute, es ist ihr Auto und er darf es nicht benutzen. Nur manchmal mitfahren, um die Einkäufe zu tragen.

Oh! Heute sehe ich den Mann einen dunkelgrauen Kinderwagen schieben. Also ist das Baby da. Die Frau sehe ich nicht mehr. Nur noch den Mann. Mal kommt er allein, mal mit einem Kind, oft mit dem Kinderwagen. Ob die

Frau krank ist? Der Mann geht jedenfalls nicht mehr zur Arbeit, denn der Transporter ist weg.

Plötzlich ist auch das Baby weg. Ich mache mir Sorgen. Vielleicht ist die Frau mit dem Kleinen zur Kur gefahren. Ich wüsste es sehr gern genauer. Leider ist meine Mutter nicht bereit, den Gemüsehändler zu fragen, ob er näheres über die Familie weiß.
Zu beobachten gibt es immer noch viel. Zumal seit einigen Tagen eine ganz andere Frau neben dem Mann auf dem Balkon steht. Sie ist fast so groß wie der Mann und sehr schlank. Auch sie raucht. Doch sie spricht mit den beiden Kindern, ruft ihnen vom Balkon aus etwas zu oder spielt draußen mit ihnen Ball. Sie fährt einen alten roten Fiat. Der steht jetzt jeden Tag vor dem Haus. Ich wüsste gern, ob er auch über Nacht dort steht. Dann wäre sie die neue Freundin. Doch vielleicht ist sie eine Haushaltshilfe, so lange die verschwundene Frau mit ihrem Baby zur Kur ist. Immerhin putzt sie die Fenster und hängt die Wäsche auf.

Heute ist die dicke Frau wieder da, die, die immer andere Haarfarben hat. Doch das Baby fehlt. Ob es gestorben ist? Die Frau trägt schwarze Kleider. Darauf kann ich nichts geben, denn sie scheint nur schwarze Kleider zu besitzen. Und alle sind sie zu eng.

Plötzlich steht ein fremder Mann neben ihr. Sie rauchen beide, unterhalten sich angeregt. So lebhaft spricht sie mit ihrem Mann nicht. Wo ist er eigentlich? Mir fällt ein, dass ich ihn gar nicht mehr gesehen habe. Schon mindestens drei Tage nicht. Irgend etwas stimmt da nicht.

Am liebsten würde ich hinüber gehen, doch das kann ich nicht. Ich kann nicht einmal allein das Fenster öffnen und rufen. Was sollte ich auch rufen? Ist das Ihr Freund? Wo ist Ihr Mann? Und wo das kleine Baby? So etwas macht man nicht.

Meine Mutter meint, die Familie ginge mich nichts an. Doch was sollte ich sonst tun, als aus dem Fenster zu schauen und mir Gedanken über die Leute zu machen, die ich sehe? Das ist lebendiger als eine alberne Talkshow im Fernsehen. Am liebsten sehe ich Dokumentation über fremde Länder, in die ich niemals reisen kann. Ich bin an meinen Rollstuhl und hier ans Fenster gefesselt. Mir bleibt nichts anderes, als andere zu beobachten und zu schauen, wie sie leben. Das Beobachten ist mein Leben.

Heute sehe ich den Mann wieder. Er steht auf dem Balkon und lehnt sich gegen die Hauswand. Er raucht. Neben ihm kauert seine Frau. Ich erkenne sie deutlich, obwohl sie ganz weiße Haare hat, als wäre sie vor Kummer ergraut. Sicher ist wirklich etwas ganz Schreckliches mit dem Baby passiert. Es müsste jetzt ein halbes Jahr als sein. Ich würde es sehen, wenn der Mann es wie früher spazieren fährt.

Die beiden unterhalten sich. Genau wie früher. Ich bin beruhigt, denn offenbar ist alles wieder in Ordnung. Nur die Frage nach dem Baby quält mich.

Nun ist die Frau wieder weg. Die Haushaltshilfe kommt trotzdem nicht. Vielleicht war sie doch die Freundin, die von der Frau vertrieben wurde?

Ich sitze am Fenster. Doch im Haus gegenüber öffnet sich keine Balkontür. Es steht auch kein Auto auf der Straße, kein schwarzes, kein rotes, kein Transporter. Dafür sehe ich zwei Polizeifahrzeuge direkt in der Einfahrt stehen. Die Polizisten gehen ins Haus und sind noch nicht wieder zurück, als mich meine Mutter an den Esstisch schiebt.

Ich liege im Bett. Mutter streicht mir über den Kopf und erzählt: „Ich habe mich erkundigt. Die Polizei war nicht wegen dieser Familie im Haus gegenüber."

Erleichtert seufze ich.

„Doch die Familie lebt inzwischen getrennt. Der Mann zog vorgestern mit den zwei größeren Kindern in eine andere Stadt. Das Baby lebt bei der Frau mit ihrem neuen Freund, der auch der Vater des Kleinen ist."

Der Ton im Ohr

Es fiept! Kennt jemand diesen hohen schrillen Dauerton, der vor vielen Jahren das Testbild im Fernsehen begleitete? Den hält man nicht lange aus. Doch ich muss ihn aushalten, denn er ist in meinem Ohr. In beiden Ohren. Und zwar unerträglich laut. Ich kann mir die Ohren zuhalten, ich kann schreiend herumlaufen – was ich auch mache, dieser Ton ist immer da. Er wird von nichts übertönt, denn er ist in meinem Kopf und lauter als alles, was ich sonst so höre. Viel ist es nicht, denn ich höre nur knapp vierzig Prozent. Wenn es mir nicht gut geht, höre ich noch weniger. Manchmal gehe ich hinaus und laufe zur Ausfallstraße. Dort fahren viele Autos vorbei, Busse und Laster. Dieser Lärm lenkt vom Fiepen in meinen Ohren ab.

Ärgern darüber darf ich mich nicht. Denn Ärger macht den Ton noch lauter, obwohl mir dies kaum möglich erscheint. Und doch ist es möglich. Leider. Und manchmal gesellt sich ein Tackern dazu und ein Zwitschern, ein Rauschen oder ein zusätzlicher tiefer Ton.

Apropos Zwitschern. Das Zwitschern der Vögel im Wald oder am frühen Morgen bei offenem Fenster höre ich nicht. Darüber bin ich nicht böse. Denn ich bin mir sicher, dass diese schrillen Töne jedermann nerven. So wie der laute Vogel unseres Nachbarn. Er lebt auf dem Balkon in einem Käfig, einer Volliere, und kennt nur einen einzigen eindringlichen Ton. Den schreit er in unregelmäßigen Abständen in den Hof. Wenn wir draußen am Grillfeuer sitzen, halte ich diesen Vogelton nicht lange aus. Ich bin eben keine Geräusche und Töne gewöhnt.

Deshalb stört es mich nicht, dass mein Mann in der Nacht schnarcht. Für mich ist es ein eher beruhigendes Geräusch. Ich weiß dann, dass er schläft und vielleicht etwas Schönes träumt. Ich verstehe nicht, dass es bei manchen Paaren Streit gibt wegen der Schlafgeräusche eines Partners. Einige schlafen deshalb sogar in getrennten Zimmern, was ich überhaupt nicht gut finde.

Ich war beim Ohrenarzt und anschließend beim Akustiker, um mir Hörgeräte anpassen zu lassen. Die Beratung dauerte erheblich länger als eine Stunde. Schließlich habe ich mich für ein Gerät der Mittelklasse entschieden, zu dem ich 1.200 Euro zuzahlen musste. Ich wusste nicht, dass diese kleinen Dinger so entsetzlich teuer sind. Leider brauche ich für jedes Ohr solch einen Stecker, womit sich der ohnehin viel zu hohe Preis verdoppelte. Da nützte es herzlich wenig, dass der Akustiker mir hundert Euro vom Preis erließ und noch einmal drei Prozent. So habe ich 169 Euro gespart, aber 2.231 Euro bezahlen müssen. Das Geld hatten mein Mann und ich für unseren Urlaub und eventuelle Autoreparaturen zurückgelegt. Nun ist es weg und wir hoffen, dass unser Fahrzeug in diesem Jahr nicht in die Werkstatt muss. Auf den Urlaub mussten wir leider verzichten.

Jedenfalls habe ich jetzt Hörgeräte. Das ist vor allem beim Abendfilm im Fernsehen sehr angenehm. Nun verstehe ich die Texte besser – vorausgesetzt, sie sind nicht mit Musik unterlegt. Mein Mann ertrug mir zuliebe den lauten Ton, was mir überhaupt nicht bewusst war. Ich lese viel von den Lippen ab und baue mir mit den wenigen Lauten, die mein Ohr wahrnimmt, den Text zusammen. Bei Filmen funktioniert es nicht, denn oft werden die Gesichter der Akteure nicht gezeigt oder sie sprechen in einer fremden Sprache. Das macht mich ohne Hörgerät völlig hilflos.

Mit den neuen Geräten höre ich Geräusche, die mir bis dahin völlig unbekannt waren:

Papierrascheln zum Beispiel. Oder den Reißverschluss meiner Jacke. Das Klappern von Besteck und Geschirr. Die unerträglich lauten Vögel im Wald.

Mein Ohrenarzt meint, ich müsse die Geräte den ganzen Tag über tragen. Doch wozu? Heißt es nicht, dass es zu viel Lärm gibt? Lärm, der krank macht. Warum sollte ich mich an krank machenden Lärm gewöhnen? Manchmal ist es sogar gut, nicht alles zu hören. Auch das nicht, was andere Leute zu mir sagen. Wenn es wichtig ist, werden sie es wiederholen.

Ich liebe meine Hörgeräte sehr. Nicht, weil ich jetzt die Texte der Fernsehsendungen besser verstehe, sondern wegen einer für mich sehr wichtigen Erkenntnis:

Meine Schwerhörigkeit stört mich nicht mehr. Jedenfalls nicht mehr in dem Maße wie früher. Ich weiß jetzt, welchem Lärm gut hörende Leute ständig ausgesetzt sind, der bei mir nur gedämpft oder gar nicht ankommt.

Ich genieße meine Ruhe.

Schnüffeln

„Komm schon!", rufe ich genervt und zerre meinen Hund an der Leine zur Seite.

Er hat seine Nase ständig am Boden, sogar, wenn er rennt. Frei nach dem Motto: *Immer der Nase nach.* Reicht ihm nicht das, was er sieht? Muss er es unbedingt auch noch riechen? Er beschnüffelt sogar die Haufen anderer Hunde. Das finde ich eklig. Da heißt es immer, Hunde hätten eine besonders feine Nase und dann stecken sie diese ausgerechnet in einen Hundehaufen. Für mich ist das kein Zeichen einer besonders feinen Nase.

Für Hunde ist das Schnüffeln wie Zeitunglesen. Er erkennt ganz genau, wer vor ihm hier entlang lief. Wittert er eine heiße Hündin oder gar Wild, muss ich ihn blitzschnell anleinen, weil er im nächsten Moment davon schießt und mich allein im Wald stehen lässt. Meinem Hund genügen wenige Sekunden, um den Geruch aufzunehmen und einzuordnen, während ich einige Momente länger brauche, um zu deuten, was er gerochen haben könnte und wie er jetzt möglicherweise reagieren wird.

Er hat 200 Millionen Riechzellen, während der Mensch nur fünf Millionen besitzt. Ein Hund kann sogar riechen, ob ein Mensch Angst hat oder wütend ist. Das kann ich nicht, ich sehe so etwas eher an der Mimik und der Körperhaltung. Meiner Beobachtung nach sehe ich sowieso besser als mein Hund. Allerdings hilft mir seine Nase oft dabei. Denn die meisten Rehe und Eichhörnchen oder Katzen hätte ich ohne seine Spürnase nicht entdeckt.

Ob sich ein Hund genauso an Düfte erinnert wie ein Mensch? Manchmal verbinde ich bestimmte Gerüche mit längst vergangenen Erlebnissen. Wenn zum Beispiel Möhren angeschmort werden, denke ich an meine Oma. Sie mochte dieses Gemüse ebenso gern wie ich. Und sie mochte Flieder, weil er so wunderbar duftet. Mein Vater ertrug Narzissen in der Wohnung nicht, für ihn dufteten sie nicht, sie stanken penetrant und er bekam Kopf-schmerzen davon. Mir ist der Duft der Hyazinthe zu stark, ich mag Lavendel lieber.
Riecht es nach Rauch, Chlor oder Zwiebel, beißt es direkt in meiner Nase. Bei Parfüm geht es mir ähnlich. Mir ist das zu aufdringlich, zu fremd, zu künstlich. Kein normaler Mensch riecht zum Beispiel nach Maiglöckchen.

Trotzdem sprühen sich manche Frauen mit einem Maiglöckchen-Duft ein.

Jeder Mensch hat einen ganz individuellen Körpergeruch. Wenn man jemanden nicht mag, kann man ihn nicht riechen. Sogar die Liebe geht vor allem durch die Nase! Deshalb ist es wohl besser, sein Umfeld nicht mit den Fremddüften eines Parfüms zu täuschen.

Patrick Süskind beschreibt in seinem verstörendem Roman „Das Parfum" einen Mann, der keinerlei Körpergeruch besitzt und deshalb seinem Umfeld direkt unheimlich ist.

Ich weiß noch, dass ich während meiner Schwangerschaften extrem geruchsempfindlich war. So manch normaler Haushaltsgeruch brachte mir Übelkeit. Andererseits roch ich Dinge, die mir zuvor nie auffielen.

Mit meiner Nase kann ich leicht feststellen, ob die Lebensmittel noch genießbar oder bereits verdorben sind – außer vielleicht bei besonders stark riechendem Käse.

Man kann auch die Nase voll haben von jemandem, dessen Bemerkungen man nicht mehr erträgt. Oder man hat einen guten Riecher für eine interessante Geschäftsidee. Dann hat man Erfolg, die Nase vorn. Wer neugierig ist, steckt seine Nase in alle Dinge und wer eingebildet ist, trägt seine Nase sehr hoch. Wenn ich jemandem etwas mitteile, binde ich ihm etwas auf die Nase. Ich kann jemandem auf der Nase herumtanzen, ihn nicht ernst nehmen; jemanden veralbern, also an der Nase herumführen. Einem wortkargen Menschen muss man jedes Wort aus der Nase ziehen. Manche Leute kapieren spät, man muss sie direkt mit der Nase auf etwas stoßen, damit sie es bemerken. Man kann sich auch den Wind um die Nase wehen lassen, also verreisen, etwas unternehmen.

Im Moment steigt mir ein unangenehmer Geruch in die Nase: mein Hund müffelt. Er dünstet aus seinem Fell Feuchtigkeit aus. Außerdem stinkt er furchtbar, irgendwie faulig. Vermutlich hat er sich irgendwo in Moder gewälzt und glaubt nun, wunderbar gut zu riechen. Ich empfinde das ganz anders und werde ihm sofort den Gestank aus dem Fell bürsten.

Der Unfall

Ich öffne meine Augen und schaue in ein fremdes Gesicht. Träume ich? Ich liege im Bett, das spüre ich ganz genau. Meine Arme sind bleischwer, die Beine auch. Doch wer ist der Mann, der sich jetzt zu mir herunter beugt? Er hält etwas in der Hand und kommt mir damit immer näher. Was hat er vor?

„Hören Sie mich? Herr Wagner! Hören Sie, Herr Wagner?"

Natürlich höre ich ihn. Ich bin doch nicht taub. Was will der Typ von mir?

„Keine Sorge, junger Mann. Sie sind im Krankenhaus."

Im Krankenhaus? Du liebe Güte!

„Was ist denn passiert?", will ich fragen. Doch irgendwie kommen die Worte nicht wie geplant aus meinem Mund.

„Sie hatten einen Unfall. Mit dem Fahrrad."

Fahrrad?

„Erinnern Sie sich?"

Ich versuche nicht noch einmal, etwas zu sagen und schüttle nur den Kopf. Und der tut weh. Mit der Hand versuche ich, nach meinem Kopf zu tasten. Doch es gelingt mir nicht.

„Sie haben eine Kopfverletzung", erklärt der Mann. „Das heilt wieder. In ein paar Tagen sind Sie wieder daheim."

Aus den Augenwinkeln nehme ich eine Flasche wahr, die schräg über mir hängt. So etwas habe ich schon einmal in einem Film gesehen. Man bekommt so ein Ding nach einer Operation. Bin ich etwa operiert worden? Ich horche in mich hinein. Mein Kopf tut weh, auch das rechte Bein und der Rücken. Rücken! Bin ich gelähmt, weil ich mich nicht bewegen kann? Ich will lieber tot sein als gelähmt.

„Ruhig, ruhig. Es ist nichts", höre ich die freundliche Stimme einer jungen Frau.

Wo ist sie? Ich sehe sie nicht.

„Ich bin Heike, Ihre Krankenschwester."

Über mein Gesicht beugt sich ein hübscher blonder Lockenkopf mit großen blauen Augen. Diese Augen lachen. Ich versuche ein Lächeln und merke, dass mir Spucke in den Mundwinkeln klebt. Wie peinlich.

„Machen Sie sich keine Sorgen!"

Das sagt sie so nett daher. Wie sollte ich mir keine Sorgen machen, wenn ich im Krankenhaus liege, mich nicht bewegen kann und an einem Tropf hänge?

Auf einmal ist der Mann wieder da, vermutlich der Arzt. Ich fühle mich nicht mehr so bleischwer und kann alles verstehen, was er mir erklärt. Nun weiß ich, dass ich am Hinterkopf hinter dem rechten Ohr eine Platzwunde habe, mein Unterschenkel und zwei Rippen gebrochen sind. Der Liegegipsverband wird in einer Woche entfernt, dann erhalte ich für etwa fünf Wochen einen Gehgips. So lange ich hier liegen muss, werden mir schmerzlindernde Medikamente zugeführt, damit ich gut atmen kann.

Vermutlich bin ich mit dem Fahrrad an die Kante des Bürgersteigs gestoßen und dabei gestürzt. Der nachfolgende Autofahrer hielt sofort an, sicherte die Unfallstelle und rief den Rettungsdienst.

Endlich bin ich wieder daheim! Am meisten freue ich mich auf die Kochkünste meiner Mutter. Im Krankenhaus hat mir kein einziges Essen geschmeckt. Alles war gleich fade, gleichgültig, ob es Grießbrei oder Schnitzel gab. Mutter hat Gulasch gekocht mit böhmischen Knödeln und Sauerkraut. Es duftet so verführerisch, dass ich nicht abwarten kann und schon an den Tisch humple.

Gierig schiebe ich mir ein Stück Fleisch in den Mund. Doch es schmeckt nicht, es schmeckt nach überhaupt nichts. Hat Mutter die Gewürze vergessen? Auch das Sauerkraut ist kein bisschen sauer – es ist irgendwie gar nichts. Mir ist zum Heulen zumute. Enttäuscht schiebe ich den Teller zurück.

„Was ist? Schmeckt es dir nicht?"

„Überhaupt nicht. Ich hatte mich so gefreut, doch der Gulasch ist so fade wie der im Krankenhaus."

Mutter probiert mein Fleisch und auch mein Kraut und findet nichts daran auszusetzen. Sie springt vom Tisch auf und holt mir ein Stück Kuchen, das sie am Morgen frisch gebacken hat. Pflaumenkuchen. Den esse ich am liebsten.

„Koste!", fordert sie mich auf.

Doch auch der Kuchen schmeckt nach gar nichts – weder nach Pflaume noch süß. Jetzt begreife ich: Ich habe meinen Geschmack verloren.

„Du gehst sofort zum Arzt!", befiehlt sie mit strenger Stimme. „Das musst du untersuchen lassen."

„Drei der zwölf Hirnnerven sind für den Geschmack zuständig", erklärt der Arzt. „Vermutlich wurden diese beim Unfall durch den Aufprall gequetscht. Das kann sich wieder von ganz allein geben."

„Und wenn nicht?"

Darauf zuckt der Arzt nur mit der Schulter. Ich soll abwarten, geduldig sein. Das kann bis zu zwölf Monaten oder noch länger dauern. Mit Vitamin B12 könnte ich die Heilung unterstützen, doch ein eindeutig wirksames Medikament gäbe es nicht.

Ziemlich enttäuscht verlasse ich die Arztpraxis. Ich hatte gehofft, dass der Arzt mir meinen Geschmackssinn reparieren und wiedergeben kann. Vielleicht mit einer Spritze oder einem Medikament. Doch er hält sogar Medikamente für eine mögliche Ursache. Wo kommen wir hin, wenn Medizin krank macht statt gesund?
Ein ganzes Jahr lang die Speisen auf meinem Teller sehen, sie riechen, aber nicht schmecken können, ist eine ganz grauenvolle Vorstellung für mich. Das schränkt meine Lebensqualität erheblich ein.
Ich habe überhaupt keinen Appetit mehr und bin schon satt, wenn mich Mutter an den Tisch ruft.
„Du musst essen, Junge! Auch, wenn es nicht wie gewohnt schmeckt. Nur so wirst du gesund."

Inzwischen kann ich längst wieder laufen und habe keine Schmerzen mehr im Brustkorb – nicht einmal, wenn ich huste. Und meine Haare am Hinterkopf, die man mir zur Wundversorgung abrasierte, sind nachgewachsen. Den Unfall sieht man mir nicht mehr an.

Doch das Essen schmeckt nach wie vor nach gar nichts.

Eine unbestimmtes Ahnung

Ich war noch ziemlich klein, keinen Tag älter als zehn Jahre, als meine Eltern zu einem weit entfernten Fest fuhren, zu dem sie mich nicht mitnehmen konnten. Ich durfte also zwei volle Tage und die Nacht dazwischen allein im Haus bleiben. Das gefiel mir gut. Das Alleinsein mochte ich gern, denn meine Freizeit verbrachte ich fast ausschließlich mit meinen Büchern. Dabei vergaß ich hin und wieder die mir übertragenen Aufgaben wie den Abwasch oder Bärenklau für die Stallhasen zu sammeln. Deshalb erledigte ich sofort nach der Schule eilig all diese unliebsamen Dinge, um so schnell wie irgend möglich meine Bücher weiterlesen zu können. Ich las immer und überall in der Wohnung, doch am liebsten draußen im Wald. Dort lag ich abseits der Wege verborgen hinter Gestrüpp im weichen Gras und versank in den Abenteuern meiner Bücherhelden.

Erst, als es dunkel wurde, lief ich nach Hause. Dort aß ich eine Wurstschnitte und machte mich bettfertig. Ich freute mich, dass ich an diesem Abend so lange lesen konnte, bis mir die Augen von ganz allein zufielen. Meine Mutter würde nicht mahnend in mein Zimmer schauen und mein Vater schon gar nicht die Sicherung für meine Lampe herausdrehen, damit ich endlich schlafen sollte.

Meine Schlafkammer befand sich auf dem Spitzboden. Ich mochte die Enge, die dunklen Ecken, die mein Vater notdürftig mit Sperrholz verdeckte. Meine Nachtlampe klemmte am Stahlgerüst meines Bettes. Viel Licht warf sie nicht, doch mir genügte es.

Plötzlich fiel mir ein, dass die große Stehlampe in der Stube viel heller leuchtete und ich beschloss, auf dem Sofa zu schlafen. Schnell stopfte ich meine kleine Leselampe unter die Matratze, richtete notdürftig das Bett und lief hinunter in unsere Wohnstube. Dort holte ich mir Decke und Kopfkissen meiner Mutter und kuschelte mich darin aufs Sofa. Es roch wunderbar nach meiner Mutter und ich fühlte mich sofort wohl und behütet. Diese wohlige Zufriedenheit machte mich schläfrig und ich versank sehr rasch in süßen Träumen. Normalerweise träumte ich recht heftig von seltsamen und meist beängstigenden Erlebnissen, aus denen ich schreiend erwachte. Doch in dieser Nacht schlief ich ruhig.

Am nächsten Morgen musste ich nicht zur Schule, denn es war Sonntag. Ich blieb noch ein Weilchen unter der warmen Bettdecke und las einige Seiten, bis mir die Sonne direkt ins Gesicht schien und ich aufsprang, um zu frühstücken und in den Wald zu laufen. Es war ein wunderschöner Tag. Ich fühlte mich frei und glücklich. Mir war nach lautem Jubel zumute und ich hüpfte vergnügt über die Steine und den kleinen Bach.

Spät am Nachmittag meldete sich der Hunger und ich machte mich auf den Heimweg. Irgendwie hatte ich ein seltsames Gefühl, als ob Gefahr in der Luft liegt. Von einer Ahnung getrieben rannte ich so schnell ich konnte übers Feld, um abzukürzen und schneller daheim zu sein.

Vor unserem Haus standen viele Leute, die laut miteinander diskutierten und mit den Armen und Händen zu meiner Bodenkammer zeigten. Ich sah hinauf und erschrak bis ins Mark. Aus meinem Fenster quoll Rauch, ein dünner Faden nur, doch er brachte Gestank nach verkohltem Holz mit. Hastig rannte ich zur Tür. In diesem Moment barst das Fenster und dicker Qualm und eine Flamme schossen hervor. Meine Matratze flog hinterher und landete im Garten. Sie war kohlrabenschwarz. Mein Herz zog sich vor Angst zusammen, ich zitterte und fing an zu weinen.

Plötzlich legte sich eine Hand auf meine Schulter. Es war die Hand meines Vaters. Er führte mich zur Seite und erzählte mir, dass ihn mitten während der Feier eine seltsame Unruhe ergriffen hatte, die er sich nicht erklären konnte. Seinem Gefühl nach brannte das Haus lichterloh und er sah mich in Gefahr. Deshalb hatte er das Fest sofort verlassen, obwohl meine Mutter noch gern geblieben wäre.

Als er die Wohnungstür aufschloss, roch er den Rauch und merkte, dass es in der Bodenkammer brannte. Schnell alarmierte er die Feuerwehr. So konnte größerer Schaden verhindert werden, denn das Feuer brach erst nach dem Öffnen des Bodenfensters aus. Der Qualm setzte sich allerdings in jede Ritze meines Zimmers, in jedes Kleidungsstück und zu meinem Unglück auch in die Bücher. Alles war mit einer schmierig schwarzen Schicht überzogen und nicht mehr zu gebrauchen.

Als Ursache für den Brand stellte sich meine Leselampe heraus, die ich unter die Matratze gestopft und dabei versehentlich angeschaltet hatte.

So ein Unsinn!

Seit wir in Rente sind, macht mein Mann nur Unsinn.

Gestern zum Beispiel zweifelte ich an seinem Verstand, als er mit unserem Enkel Fabian die Wäsche aus der Waschmaschine räumte. Er nahm sie nicht einfach so heraus und warf sie in den Korb, sondern hielt jedes einzelne Stück hoch in die Luft und kommentierte es mit hoher, piepsiger Stimme.

„Was haben wir denn da? Ach, das ist ein Höschen, ein grünes Höschen von der Oma. Und was ist das? Ein Strumpf! Ein blaues Söckchen. Gehört das dem Fabian?"

„Nein!", krähte vergnügt der Kleine. „So große Füße habe ich nicht."

Diesen Unsinn konnte ich mir nicht länger anhören. Fabian hat jedenfalls schallend gelacht. Ich weiß nur nicht, ob er einfach Spaß hatte oder seinen Opa auslachte. Immerhin ist unser Enkel schon fast drei Jahre alt. In diesem Alter merken die Kinder schon, ob einer doof ist.

Ich habe immer normal mit unseren Kinder gesprochen und ich benutzte keine Babyworte wie Wauwau für einen Hund. Wozu sollte das gut sein? Sprechen lernen sie mit solch einem Unsinn jedenfalls nicht.

Immerhin waren mein Mann und Fabian den ganzen Vormittag beschäftigt, während ich in der Küche zu tun hatte.

Heute will er mir helfen, das Frühstück zu bereiten. Das ist neu, denn für unsere Mahlzeiten bin allein ich zuständig. Normalerweise stelle ich immer zuerst die Kaffeemaschine an. Während der Kaffee durchläuft, schmiere ich die Brötchen – drei Hälften für ihn, eine für mich.

Doch heute ist alles anders. Er sitzt bereits am Tisch und hat die Brötchen aufgeschnitten. Nun weiß er nicht weiter. Ich wische die vielen Teigkrümel fort und lege ihm ein Brettchen hin. Die Marmelade hat er bereits aus dem Kühlschrank geholt, doch an Butter, Wurst und Käse nicht gedacht. Ich stelle ihm die Butterdose direkt neben das Brettchen. Er umklammert mit seiner Faust das Messer und schaut mich gespannt an, als ob er darauf wartet, dass ich ihm sage, was er tun soll.

„Du kannst schon mal die Butter auf die Semmel schmieren!", fauche ich ihn an.

Ich stelle zwei Teller vor ihn hin, einen kleinen für mich, einen größeren für ihn. Während ich mich um den Kaffee kümmere, beobachte ich ihn aus den Augenwinkeln. Er hat sichtlich Mühe, die Butter gleichmäßig auf die Brötchenhälften zu verteilen. Wenn das in diesem Tempo so weitergeht, haben wir zum Mittag noch nicht gefrühstückt. Auf zwei der Butterbrötchen lege ich je eine Käsescheibe. Erstaunt schaut er mich an. Worüber wundert er sich jetzt? Wir essen jeden Morgen ein Käsebrötchen.

„Bitte mach dir dein Marmeladenbrötchen zurecht!", reiße ich ihn aus seinen Gedanken.

Ich nehme inzwischen eine Scheibe Schinken aus der Wurstbüchse und gebe sie auf die letzte Hälfte. Dann räume ich die Lebensmittel zurück in den Kühlschrank und winde ihm das Messer aus der Hand, das er immer noch fest umklammert. Am liebsten würde ich ihn jetzt anschreien, um ihn wachzurütteln und aus seiner Starre zu reißen. Doch ich bleibe ruhig. Äußerlich zumindest.

Es fehlen noch seine Tabletten und der Apfelsaft. Er merkt es nicht und starrt auf seinen Teller. Ich schiebe den Teller näher zu ihm, hole die Medikamente und gieße Saft in zwei Gläser und Kaffee in unsere Tassen. Inzwischen hat er bereits das erste Brötchen aufgegessen. Kann er nicht warten, bis ich am Tisch sitze?

Ich beobachte ihn, wie er so schweigend und konzentriert an seinem Frühstück kaut. So, als wäre es eine schwierige Angelegenheit, die nicht durch ein Tischgespräch gestört werden darf. Das war schon immer so. Doch früher ging er nach dem Frühstück in seine Kanzlei und in Gedanken seine Fälle durch. Worüber denkt er jetzt nach? Er muss nicht mehr zur Arbeit. Trotzdem verbringt er den ganzen Tag in seinem Arbeitszimmer.

„Wollen wir heute spazieren gehen?", unterbreche ich seine Gedanken.

„Was willst du?", fragt er entrüstet.

„Ich möchte heute etwas unternehmen. Mit dir."

Er verzieht das Gesicht.

„Du willst nicht?", stelle ich enttäuscht fest.

Wahrscheinlich will er wieder den ganzen Tag an seinem Schreibtisch sitzen.

„Das habe ich nicht gesagt." Seine Stimme klingt ärgerlich. „Was hast du denn vor?"

„Ich möchte rauf ins Gebirge. Dort ist es nicht so schrecklich heiß wie hier in der Stadt."

„Mach nur! Mach nur!" Er winkt mit der Hand ab und schaut sich suchend um. „Wo hast du nur wieder die Zeitung hingelegt?"

„Neben deinen Sessel, wie immer."

Ich ärgere mich, dass er nicht auf meinen Wunsch eingeht. Am liebsten würde ich jetzt aufstehen und einfach allein hinaus gehen.

Doch allein macht mir der Spaziergang keinen Spaß. Und allein möchte ich schon gar nicht ins Gebirge fahren.

Wir hatten uns beide auf unsere Rente gefreut, weil man so wunderbar frei ist im Alter, frei von jeglicher Verpflichtung und von allen Zwängen. Wir können uns die Zeit frei einteilen, mitten am Tag schlafen oder spazieren gehen. Unangenehm ist nur der körperliche Verfall, den wir so langsam merken. Er klagt über Kopf- und Rückenschmerzen.

Die Rückenschmerzen kommen vom vielen Sitzen. Er sitzt den lieben langen Tag - nicht nur am Tisch beim Essen oder beim Zeitunglesen im Sessel, sondern vor allem an seinem Schreibtisch. Was hat ein Rentner so viel zu schreiben?

Und vom vielen Denken bekommt man Kopfschmerzen. Ich halte nicht viel vom Denken, weil es nichts nützt. Man weiß es oder man weiß es eben nicht. Ich habe jedenfalls keine Kopfschmerzen. Dafür schlägt mir der kleinste Ärger sofort auf den Magen. Mich ärgert, wenn er sich in sein Arbeitszimmer verkriecht und nichts mit mir unternehmen will.

Ich möchte mit ihm gemütlich durch den Park oder die Stadt spazieren. Doch gemeinsame

Unternehmungen engen ihn ein. Er ist lieber für sich. Meist liest er nach dem Frühstück lange in der Tageszeitung. Danach ist es zum Ausgehen zu spät, weil es für mich Zeit ist, das Mittag zu kochen.

Nach dem Essen schläft er, danach sitzt er am Schreibtisch und arbeitet. Ich weiß nicht genau, was er da macht. Möglicherweise sortiert er seine Akten, die er eigentlich nicht mehr brauchen kann. Das macht mich wütend, denn es ist eine unnütze Arbeit. Wie kann er sich ernsthaft mit Dingen beschäftigen, die vergangen und abgeschlossen sind? Für mich ist das ein Zeichen für Dummheit.

Manchmal glaube ich wirklich, dass sein Geist nachlässt. Denn wenn ich ihn etwas frage, schaut er mich an, als ob er nicht wüsste, wer ich bin und was ich von ihm will. Das irritiert mich sehr und ich weiß nicht, wie ich damit umgehen soll.

Nun, ich will nicht mehr daran denken und mich lieber auf den Spaziergang im Gebirge freuen. Ich hole die Wanderkarte aus dem Schubfach. Er nimmt sie mir aus der Hand, legt sie vor sich auf den Tisch und beugt sich darüber. Nun kann ich nichts mehr erkennen. Er starrt auf die Karte und wirkt dabei sehr konzentriert, doch sein Blick ist leer. Vollkommen leer. Ich sehe ihm an, dass er zwar schaut, doch nichts erkennt. Wozu schaut er dann auf die Karte?

„Wo willst du eigentlich hin?", fragt er mich.

Ich zucke mit der Schulter. „Du hast die Karte. Also wirst du wohl die Tour auswählen."

Verärgert schiebt er die Karte zur Seite, steht auf und verlässt die Stube. Nun sitze ich allein am Tisch und überlege, ob er die Lust auf den geplanten Spaziergang verloren hat oder nur schon wieder zur Toilette muss. Seit er diese neuen Tabletten nimmt, muss er ständig aufs Klo. Normal ist das nicht.

Ich streiche die Karte glatt und wähle einen Waldweg an der Zschopau entlang ab Scharfenstein in Richtung Hopfgarten und auf der anderen Flussseite zurück. Anschließend könnten wir in Scharfenstein zu Mittag essen. Dann muss ich heute nicht kochen. Ich packe die Karte wieder zurück in den Schrank, nachdem ich mir den Weg eingeprägt habe.

Er ist noch immer nicht zurück. Ihm wird doch nichts passiert sein? Eilig laufe ich ins Bad. Dort ist er nicht. Er sitzt auch nicht Zeitung lesend im Sessel. Er sitzt am Schreibtisch!

Ich störe ihn ungern bei seiner Arbeit. Er mag das nicht. Doch heute will ich meinen Spaziergang durchsetzen und hoffe, dass seine

Arbeit nicht so wichtig ist und er sie unterbrechen kann.

Auf seinem Bildschirm sehe ich eine Art Gitter mit einigen Zahlen darin und trete neugierig ein paar Schritte näher.

„Was schreibst du da?", will ich wissen.

Ich muss die Frage wiederholen, ehe er antwortet: „Sudoku."

„Wie bitte?"

„Su-do-ku."

Ich habe keine Ahnung, was das bedeutet und vermute, dass es sich um eine komplizierte Technik handelt.

Ohne von seinem Bildschirm aufzuschauen, erklärt er bedeutungsschwer: „Ich rechne."

Ich hasse es, wenn jemand mit mir spricht, ohne mich anzusehen. Am liebsten würde ich ihn anbrüllen: „Hier bin ich! Schau mich gefälligst an beim Reden!" Doch das bringt nichts. Er würde nur sagen, dass ich nicht schreien soll, weil er im Gegensatz zu mir nicht schwerhörig ist. Ich weiß genauso gut wie er, dass er besser hört als ich, doch er versteht nichts von dem, was ich sage. Er schaut mich blöde an und zwingt mich, alles zu wiederholen. Auch das macht mich wütend, zumal es nicht hilft. Er versteht es auch dann nicht, obwohl ich mich klar und deutlich ausdrücke.

„Was rechnest du denn?", frage ich etwas ungehalten.

„Sudoku! Das sagte ich bereits. Hast du wieder deine Hörgeräte nicht drin?"

Dass ich schwer höre, reibt er mir ständig unter die Nase, als wäre es ein Fehler von mir, den ich ständig begehe und nicht bereit bin, abzustellen. Zumindest erleichtert mir meine Schwerhörigkeit, seine garstigen Bemerkungen zu überhören.

„Was genau ist das?"

„Eine Zahlenaufgabe. Dazu braucht es mathematisches Verständnis, das du nicht hast."

Studiert habe ich zwar nicht, doch mit Zahlen kann ich umgehen. Schon als Kind mochte ich Zahlen. Deshalb bin ich Buchhalter geworden und hatte mein Leben lang mit Zahlen zu tun. Weiß er das nicht mehr?

Er schaut konzentriert auf den Bildschirm und setzt eine Vier in ein Kästchen, wo vorher noch keine Zahl war. Er macht das so bedächtig wie ein Schachspieler. Die betrachten mit ernsten Gesichtern das Brett, als wüssten sie nicht, was zu tun ist. Wenn sie endlich eine Figur versetzen, tun sie so, als wäre es eine weltbewegende Leistung. Genauso wirkt es auf mich mit dieser Vier.

„Ich muss alle Zahlen von Eins bis Neun in jede Reihe bringen, waagerecht und senkrecht. Jede darf nur einmal vorkommen. Es gibt noch mehr Regeln zu beachten."

Wütend schreie ich ihn an: „Du sitzt hier herum und spielst?"

„Ich spiele nicht, ich rechne. Davon verstehst du nichts."

„Nein, davon verstehe ich nichts. Davon will ich auch nichts verstehen."

Ich sehe, dass er grinst. Es ist so ein herablassendes Grinsen, so eins von oben herab. So eins, das mir zeigen soll, dass es keinen Zweck hat, mir etwas erklären zu wollen, weil ich es ohnehin nicht begreife.

Ich begreife jedenfalls nicht, weshalb er seine Zeit so sinnlos vergeudet.

„Kannst du deine Zeit nicht sinnvoller verbringen?"

Erstaunt schaut er mich an.

„Wie denn sinnvoller?"

„Ein Buch lesen zum Beispiel oder Musizieren, einen Film schauen."

„Kinkerlitzchen!"

Jetzt bin ich wirklich empört. Das sind doch keine Kinkerlitzchen. Das ist Kultur und nicht solch ein Unsinn wie Zahlen in kleine Kästchen zu tippen.

„Für dich mag es sinnvoll sein, ein Buch zu lesen. Für mich ist das Zeitverschwendung. Ich lese lieber die Zeitung und weiß, was in der Welt passiert."

„Du glaubst wohl alles, was in der Zeitung steht? Das ist doch Unsinn!", mache ich mich lustig. „Und ändern kannst du sowieso nichts."

„Immerhin weiß ich im Gegensatz zu dir, was zu ändern wäre."

Triumphierend schaut er mich an.

„Und was hast du davon?"

„Wer etwas weiß, hat die Macht, denn Wissen ist Macht."

„Wozu brauchst du Macht?", empöre ich mich.

„In deiner Zeitung stehen nur schlimme Nachrichten, die niemandem weiterhelfen. Sie machen krank. Deshalb schaust du immer so griesgrämig."

Wütend winke ich ab. Er schaut wirklich griesgrämig. Immerhin hat er recht, dass wohl für jeden etwas anderes Unsinn ist.

Doch ein Spaziergang im Gebirge ist sicher für uns beide gleichermaßen sinnvoll. Also schlüpfe ich in meine Wanderschuhe und rufe: „Kommst du?"

Eigensinn

„Meine Kinder haben ADHS, alle beide", verkündet Bettina.

Sie sieht bekümmert aus, doch ihre Stimme klingt stolz, als vermelde sie einen besonders seltenen Gewinn.

„Der Bub ist ärger betroffen als das Mädchen."

Fassungslos schaue ich meine Freundin an.

„O, das tut mir sehr leid." Mitfühlend umarme ich sie und frage besorgt: „Wie geht es ihnen?"

„Naja, sie sind halt arg beeinträchtigt in ihrem Leben."

Sie seufzt herzerweichend. Diese Buchstabenkombination A-D-H-S klingt jedenfalls ziemlich bedrohlich.

„Sie müssen nun täglich Medikamente nehmen", erklärt sie.

Das hört sich gar nicht gut an.

„Botenstoffe fürs Gehirn. So genau weiß ich das nicht. Sie helfen schon etwas."

Ich bin zutiefst erschrocken darüber, dass gleich beide Kinder unter einer schweren Hirnkrankheit leiden.

„Woran hast du gemerkt, dass deine Kinder krank sind? Haben sie Schmerzen?"

Bettina verdreht die Augen. Offenbar müsste ich mich auskennen. Dabei bin ich kein Arzt und kann mir keine Namen von Medikamenten merken, nicht einmal die meiner Kopfschmerz-tabletten. Für mich klingen die lateinischen Namen alle irgendwie gleich. Zum Glück leide ich nur sehr selten unter Kopfweh, spüre nur nach langen Reisen oder großem Ärger einen Druck im Kopf, der meist nach einem Spaziergang an frischer Luft von selbst verschwindet.

„Unruhig sind sie halt. Keine fünf Minuten können sie stillsitzen."

Eigentlich wollte ich etwas über die Krankheit der Kinder erfahren, doch Bettina lenkt ab. Sicher ist es so schlimm, dass sie nicht darüber sprechen kann. Ich dringe also nicht weiter in sie und höre ihr einfach zu. Doch irgendwie habe ich den Eindruck, dass ich falsch oder unpassend reagiert habe.

So locker wie möglich sage ich also: „Erzähle ruhig weiter!"

Sie verdreht noch einmal die Augen und erklärt ziemlich hektisch: „Beim Essen wippen sie mit den Füßen. Sogar beim Fernsehen zappeln sie hin und her oder spielen mit den Fingern. Es ist nicht auszuhalten!"

Bettina stöhnt lauf und schüttelt resigniert den Kopf.

„Das ist doch normal für kleine Kinder", wende ich ein.

„Normal nennst du das?"

„Naja, dein Großer ist acht, die Kleine erst sechs Jahre alt. Da fällt das Stillsitzen nicht so leicht. Mein Erik ist auch so ein Zappelphilipp."

Automatisch lächle ich, als ich an meinen recht lebhaften Sohn denke. Er möchte am liebsten immer in Bewegung sein, draußen herum- rennen oder so schnell wie möglich mit dem Fahrrad den Berg hinunter sausen.

„Eben. An deiner Stelle wäre ich längst mit ihm zum Arzt gegangen."

„Zum Arzt? Warum denn das?"

„Weil dein Bub so nervig ist. Schaut ganz nach ADHS aus."

Jetzt verstehe ich gar nichts mehr und ich frage: „Was hat Eriks Temperament mit der Krankheit deiner Kinder zu tun?"

„Das will ich dir sagen! Hyperaktiv sind sie! Aufmerksamkeitsgestört!" Bettina kneift ihre Augen zusammen und zischt: „Und deine Mädl ist noch schlimmer! Ein Sturschädel vom feinsten."

Jetzt weiß ich nicht, ob ich lachen oder wütend werden soll. Klara ist gerade mal drei Jahre alt, also mitten in der Trotzphase. Sie weiß, was sie will und möchte ihren Willen durchsetzen. Das geht natürlich nicht, denn noch sage ich, was sie zu tun und zu lasen hat. Dann schreit sie ihren Unmut hinaus und stampft sogar mit ihren kleinen Füßen auf. Wenn ich ihr etwas erkläre, fällt ihr immer ein *aber* ein, wobei ihre Widerworte erstaunlich klug gewählt sind.

„Ich glaube, du hast wirklich keine Ahnung", schnauft Bettina verächtlich. „Die Krankheit greift um sich wie Diabetes. Im letzten Jahr erhielten fast eine Million Kinder die Diagnose ADHS."

Das klingt fast triumphierend, wie Bettina mir diese Zahl an den Kopf schmettert. Doch in mir regt sich neben Zweifel großer Ärger auf meine Freundin. Sie tut nur das, was andere tun. Sie trägt Kleider, die im Moment Mode sind und wirft sie in der nächsten Saison in den Müll, obwohl sie kaum getragen sind. Sie lässt sich auch sonst leicht beeinflussen, schleppt ihre Kinder in *angesagte* Vereine und richtet für sie riesige Geburtstagsfeiern aus. Heutzutage könne man ihrer Meinung nach nicht einfach einen Zauberer oder Clown engagieren, sondern es müsse ein Thementag mit Kostümen und abschließendem Feuerwerk sein. Das halte ich für übertrieben, gefährlich übertrieben. Bei mir amüsieren sich die Kinder nach wie vor bei *Blinde Kuh* und *Topfschlagen.* Vielleicht ist dieses ADHS gerade in Mode. Wenn so viele Kinder allein im letzten Jahren daran *erkrankten*, dürfen folgerichtig auch Bettinas Kinder nicht fehlen.

Ich bin äußerst besorgt darüber, dass sie ihnen Medikamente verabreicht. Über ruhigstellende Medikamente für Kinder habe ich vor einiger Zeit eine interessante Reportage gelesen. Möglicherweise ging es dabei ebenfalls um ADHS. Mir schienen die Fallbeispiele allesamt als völlig normale kindliche Reaktionen. Natürlich ist Eigensinn etwas, was Erziehern und manchen Eltern nicht gefällt. Für mich ist Eigensinn nichts negatives. Ganz im Gegenteil. Diese Kinder haben einen ausgeprägten starken Willen. Den sollte man nicht unterbinden oder gar brechen.

Von meinen Kindern erwarte ich, dass sie ihre Meinung frei äußern und zwar auch dann, wenn sie wissen, dass ihr Gegenüber anders darüber denkt. Das stärkt ihr Selbstbewusstsein und bewahrt sie später vor dem vielzitierten *Burnout*. Außerdem lernen sie, sich zu beherrschen, anderen zuzuhören, Argumente abzuwägen und so gefasst wie möglich zu antworten.

Ich bin jedenfalls stolz auf meine eigensinnigen Kinder und auf ihren bewundernswert starken Charakterzug.

Der Schwachkopf

„Der ist so suppendumm! Ein echter Schwachkopf", schreit Sven.

„Wen meinst du denn?", will Iris wissen.

„Na, den Heini dort!"

Sven zeigt mit dem Arm über die Straße, wo ein alter Mann vorüber schlurft. Er hält den Kopf tief gebeugt und schaut nicht auf, als ihm Sven eine Kastanie an den Hut wirft. Die anderen Kinder grölen vergnügt.

„Spinnt ihr?" Iris schubst ihren Freund zur Seite. „Der Mann hat doch gar nichts gemacht!"

„Na und? Aber er ist blöd."

Sven lacht.

„Du bist blöd!", kontert das Mädchen.

Demonstrativ läuft es hinüber zu dem Mann.

„Guten Tag! Hat mein blöder Freund Ihnen weh getan?"

Überrascht schaut der Mann auf und schüttelt langsam seinen Kopf.

„Nein, nein. Nicht so schlimm." Er winkt mit der Hand ab. „Ich bin das gewöhnt."

„Gewöhnt? Aber man kann sich doch nicht daran gewöhnen, dass jemand mit Kastanien wirft."

„Ach, Kastanien tun nicht weh. Steine sind schlimmer."

Empört stemmt Iris ihre Fäuste in die Hüfte und verkündet laut: „Ich gehe jetzt einfach mit Ihnen mit und passe auf."

„Ich kenne dich. Du bist die kleine Iris, die Tochter vom Schumann Ralf. Stimmt´s?"

Iris nickt überrascht. „Woher kennen Sie mich?"

„Ich kenne alle hier im Dorf. Wir haben schließlich nur 2.126 Einwohner."

„So viele?", wundert sich das Mädchen.

„Seit gestern, denn gestern ist der kleine Paul dazu gekommen."

„Aber man kann doch nicht viele tausend Leute kennen und deren Namen im Kopf behalten."

„Doch, das kann man sehr wohl."

„Ich kenne Sie jedenfalls nicht."

„Nicht? Ich bin der dumme Franz, der Schwachkopf, der Idiot. Weißt du das nicht?"

Iris schüttelt den Kopf.

„Dabei wohnst du schon zwei Jahre hier im Dorf. Kurz vor deinem Schulanfang seid ihr hergezogen."

Mit offenem Mund schaut Iris den Mann an.

„Sie wohnen wohl neben uns?"

„Nein, in der Siedlung mit den feinen Häusern ist kein Platz für mich. Ich wohne in der alten Kate direkt an der Mulde."

„Ich dachte, da wohnt keiner."

„Doch, ich!"

Stolz klopft sich Franz auf seine Brust und lacht. Dabei schauen zwei schiefe braune Zähne aus dem offenen Mund. Iris sieht schnell weg, das sieht zu grausig aus. Streng fragt sie den Mann: „Sie haben sich wohl als Kind nie die Zähne geputzt?"

„Doch, manchmal schon."

„Hat Ihre Mutter denn gar nicht auf Sie aufgepasst?"

Wieder lacht Franz. Dann sagt er ernst: „Ich habe keine Mutter."

„Auch nicht als Kind? Kinder haben immer eine Mutter. Nur manche haben keinen Vater."

„Oder einen, der ganz woanders wohnt, nicht wahr?"

Iris nickt.

„Ich lebte im Waisenhaus, weil ich keine Eltern hatte, auch keine Oma oder Tante."

Das Mädchen beißt sich auf die Lippen. Ihm tut der Mann auf einmal sehr leid.

„Dann haben Sie wohl jeden Tag ganz furchtbar viel geweint?"

Franz schüttelt mit dem Kopf. „Nur manchmal, wenn mich die Kinder nicht mitspielen ließen."

„Warum denn nicht?"

„Weil vielen Kindern wichtiger ist, welche Kleidung und Schuhe man trägt und nicht, wie gut jemand Fußball spielen kann."

„So ein Schwachsinn!", empört sich Iris.

„Schwachsinn", wiederholt Franz lächelnd.

Er schlurft gemächlich den Fußweg entlang, während Iris neben ihm im Wechselschritt hüpft.

Plötzlich bleibt sie stehen und fragt: „Können Sie nicht ordentlich laufen? Man muss doch vernünftig die Beine heben beim Gehen."

„Das würde ich gern, doch dann verliere ich meine Schuhe. Sie sind mir zu groß und haben schon lange keine Schnürsenkel mehr."

Iris kauert sich neben den Mann und betrachtet gründlich seine Schuhe.

„Die Schuhe sind ganz alt, Sie müssen neue kaufen!"

„Ich weiß." Franz seufzt. „Doch mein Betreuer meint, die Schuhe sind noch gut."

„Betreuer? Haben auch Erwachsene einen Betreuer?"

Franz nickt. „Nicht alle, nur solche wie ich. Schwachköpfe eben."

„Das verstehe ich nicht."

Franz zuckt mit der Schulter, sagt aber nichts. Er zeigt auf das kleine Wäldchen neben der Straße und erklärt Iris die Namen der Bäume, Sträucher und Blumen. All diese Bezeichnungen verpackt er in lustige Geschichten und Reime, über die sich Iris köstlich amüsiert. Sie vergisst ganz die Wirklichkeit und fühlt sich wie eine kleine Fee, die von Blume zu Blume und von Blatt zu Blatt springt. Ganz so, wie es der Mann so spannend erzählt.

Das Mädchen rennt davon, denn es hat den kleinen Fluss Mulde entdeckt, der im Moment viel Wasser führt. Es erinnert sich an das Hochwasser im letzten Jahr, als die Wiesen ringsum überschwemmt waren.

Deshalb fragt Iris: „Und wenn es Hochwasser gibt?"

„Dann darf ich so lange in der Besucherwohnung des Altenheims leben, bis das Wasser wieder abgeflossen ist."

Iris kennt diese Wohnung, weil Tante und Onkel schon einmal in solch einer Wohnung übernachteten, als sie die Oma zum Geburtstag besuchten. Sie sieht ganz genauso aus wie Omas Wohnung und besteht aus einem schönen Schlafzimmer, einem Duschbad und einer kleinen Stube mit einer Küche darin.

„Doch ich bin viel lieber in meinem Haus", verkündet Franz und zeigt mit dem Arm auf eine Art Schuppen. „Wir sind da."

Iris schaut auf das winzige Häuschen mit einer alten Holztür und einem kleinen Fenster. Das Dach ist wie Vaters Gartenlaube aus Teerpappe und hat einen kleinen Schornstein. Neben der Eingangstür steht eine recht schiefe Bank, daneben blühen einige Astern. Franz bückt sich und richtet die Blumen ein wenig.

„Da ist einer mit seinen Füßen drauf getreten", bemerkt er ruhig. Seine Stimme klingt traurig.

„Aber hier ist gar kein Weg! Da kommt überhaupt niemand lang."

„Nein." Franz schüttelt seinen Kopf. „Das machen manche Leute mit Absicht, um mich zu ärgern."

„Und warum?" Fassungslos schaut Iris den Mann an.

„Einfach so, weil ich der dumme Franz bin, der Schwachkopf."

„Darf ich mir Ihr Haus ansehen?"

„Herein spaziert!"

Franz öffnet die Tür, verbeugt sich und weist mit seinem Arm hinein. Eine Diele gibt es nicht, Iris steht sofort in einer schmalen Stube, die gleichzeitig die Küche ist. Das erkennt sie am Herd. Er sieht genauso aus wie der alte Herd von Oma, der mit Kohle und Holz gefeuert werden musste, damit es in der Stube warm wurde und die Oma ihr Essen kochen konnte. Ein schiefes schwarzes Ofenrohr verläuft schräg durch den Raum und verschwindet in der Decke. An der Wand steht ein kleiner Schrank, in der Mitte ein Tisch und zwei Stühle. Vor der anderen Wand befindet sich ein Bett mit einem Stahlgerüst. Ein weiteres Zimmer gibt es nicht.

„Haben Sie kein Badezimmer?"

„Nein, nur ein Plumpsklo hinter dem Haus. Waschen kann ich mich hier in der Küche."

„Was ist denn ein Plumpsklo?", fragt Iris kichernd.

„Ich zeige es dir später. Setz dich!"

Franz holt ein Buch aus dem Schrank und legt es vor Iris auf den Tisch. Es ist ein Märchenbuch voller Geschichten und wunderschönen bunten Zeichnungen. Das Mädchen blättert begeistert darin und hätte am liebsten sofort angefangen zu lesen. Doch so etwas tut man nicht, wenn man zu Besuch ist.

„Diese Geschichten habe ich alle selbst geschrieben und auch die Bilder gemalt."

„Oh!" Mehr kann Iris nicht sagen. Sie klatscht begeistert in ihre Hände und zappelt mit den Beinen. Doch dann fällt ihr auf: „Aber es steht gar nicht Franz drauf. Ist der Name auf dem Buch ein Künstlername?"

Franz schüttelt den Kopf. „Nein. Das Buch habe ich vor vielen Jahren geschrieben. Doch weil alle Leute glaubten, solch ein Schwachkopf wie ich könne gar nicht lesen und schreiben, haben sie lieber dem Mann geglaubt, der gesagt hat, es wären seine Geschichten und seine Bilder."

„Aber das ist gelogen!", empört sich Iris.

„Ja, das ist gelogen."

„Schwachsinnig ist jemand, der nicht so gut denken kann wie normal, oder?"

„Das stimmt."

„Mir scheint, Sie sind gar nicht dumm. Sie wissen so viel über Pflanzen, Bäume und Tiere und über die Leute hier im Dorf. Ich glaube, Sie sind ganz schön schlau."

Franz lacht.

„Ich glaube das auch, doch der Richter in der Stadt nicht. Er hat gesagt, dass ich schwachsinnig bin und einen Betreuer brauche, der auf mich aufpasst."

Er erklärt dem Mädchen nicht, dass er seitdem quasi rechtlos ist und nicht einmal über seine karge Sozialrente verfügen darf. Offiziell ist Schwachsinn ein Schimpfwort, doch vor Gericht nach wie vor ein anerkannter Begriff. Und deshalb rufen ihn alle Leute hier im Dorf laut Schwachkopf.

Franz denkt an seine Jugend in der DDR, als man ihn in die Psychiatrie einwies, wofür es seiner Meinung nach überhaupt keinen Grund gab – so viel er auch darüber nachgrübelte. Dort musste er Medikamente schlucken, die sein krankes Hirn heilen sollten und doch nur sein Bewusstsein trübten und veränderten. Er konnte nach seiner Entlassung nur noch sehr langsam denken. Eine Arbeit gab es für ihn nicht. Deshalb fing er an, Geschichten zu schreiben und Bilder zu malen. Dann musste er wieder in die Psychiatrie, weil er nicht arbeitete. Dieses Mal kam er in eine geschlossene Anstalt.

Franz schüttelt seine Gedanken an diese grausige Zeit ab und konzentriert sich auf Iris, die staunend im Buch blättert.

„Du darfst das Buch mit nach Hause nehmen, wenn du mir versprichst, keine Flecken oder Eselsohren hinein zu machen."

Iris springt vom Stuhl und drückt das Buch fest an sich. Sie strahlt übers ganze Gesicht.

„Danke! Ich passe auf."

Sie hebt zwei Finger wie zu einem Schwur und tut, als spucke sie zwei Mal auf die Hand.

Franz lacht.

Iris flitzt aus dem Haus und winkt noch einmal kurz zurück, ehe sie um die Ecke biegt und für Franz nicht mehr zu sehen ist.

Sie nimmt sich fest vor, beim nächsten Besuch etwas schönes mitzubringen. Ihr wird ganz bestimmt etwas besonderes einfallen. Und sie will ihren Eltern von ihrem neuen Freund erzählen und ist sich sicher, dass sie dem Schwachkopf, der gar kein Schwachkopf ist, helfen werden.

Leichtsinn

„Geh nicht!" Sofies Stimme klingt flehentlich.

Marie lacht. „Hab dich nicht so, du Angsthase!"

Sofie und Marie sind Zwillinge und beide elf Jahre alt. Doch es gibt wohl kein Zwillingspaar, das so unterschiedlich ist wie dieses. Schon äußerlich sind sie grundverschieden und nicht einmal als Schwestern zu erkennen. Sofie ist zart gebaut, hat blonde, glatte Haare und eine blasse Haut, während Maries dunkle, widerspenstige Locken wirr vom Kopf stehen und sie erheblich kräftiger wirkt. Auch im Wesen ist Marie widerspenstig und handelt unüberlegt, während Sofie über alles gründlich nachdenkt. Sie beneidet ihre Schwester um ihre leichte Art zu leben und ihre Freude, neue Dinge auszuprobieren. Doch heute ärgert sie sich über sie, weil sie so leichtsinnig aufs Eis hinaus laufen will.

„Das dürfen wir nicht", mahnt Sofie.

„Papperlapapp! Ich mache, was ich will."

„Du weißt gar nicht, ob das Eis dick genug ist. Du könntest einbrechen!", versucht sie besorgt, Marie mit vernünftigen Argumenten zu überzeugen.

„Ach was!" Marie winkt ab. „Siehst du nicht die vielen Spuren im Schnee? Hier sind schon viele Leute gelaufen."

Sofie nickt. „Das stimmt. Doch vielleicht war das gestern. In der Nacht hat es getaut."

„Ach was!", wiederholt Marie. „Ich laufe hinüber zur Insel und wieder zurück."

Bis zur Insel mitten im See sind es etwa dreißig Meter – für Marie ein Katzensprung, für ihre Schwester unendlich weit. Die Spuren im Schnee führen tatsächlich bis zu dem mit Bäumen bewachsenen Hügel, sogar rings um die Insel herum und hinüber zum Abfluss. Der ist nicht zugefroren, Sofie hört deutlich das Wasser rauschen.

Der See liegt idyllisch am Waldrand. Davor befinden sich Gartenparzellen und dahinter das Gelände der Stadtklinik.

„Komm, wir gehen weiter. Die Leute schauen schon."

Sofie packt die Hand ihrer Schwester und will sie vom See wegziehen. Doch die reißt ihren Arm zurück.

„Lass mich! Sollen die Leute doch schauen. Wenn ich auf der Insel bin, werden sie neidisch sein und vielleicht mutig genug, mir zu folgen."

Marie lacht, dreht sich um und stapft mit festen Schritten durch den tiefen Schnee, der das Eis bedeckt. Auf halbem Weg bleibt sie stehen und winkt ihrer Schwester fröhlich zu. Die steht am Ufer und hält vor Schreck beide Hände vor den Mund gepresst. Am liebsten hätte sie ihre Augen geschlossen, um sich diesen Leichtsinn nicht ansehen zu müssen. Doch sie kann den Blick nicht abwenden und beobachtet, wie Marie kräftig mit den Füßen aufstampft.

Auf einmal bricht das Eis und das Mädchen taucht ins Wasser. Nur der Kopf und die Arme schauen zwischen dem Schnee hervor. Verzweifelt schlägt Marie mit den Armen um sich und schreit um Hilfe. Sofie eilt sofort zu ihr. Kurz, bevor sie das Eisloch erreicht, wirft sie sich auf den Boden und robbt langsam näher. Endlich kann sie die Hand ihrer Schwester greifen. Doch ihr fehlt die Kraft, sie aus dem Wasser zu ziehen.

„Hilfe! Hilfe!", schreien die Mädchen.

Sie sehen einige Frauen am Rand des Sees stehen und etwas rufen, doch sie verstehen die Worte nicht, weil sie ohne Pause schreien. Einige Männer rennen einfach davon. Will ihnen keiner helfen? Sollen sie hier erfrieren? Ertrinken?

Marie krallt sich so fest in die Hand ihrer Schwester, dass es schmerzt und Sofie das Gefühl hat, ins Wasser gezogen zu werden. Sie merkt, dass sie nicht mehr zittert, während

Marie nach wie vor um Hilfe schreit und mit dem freien Arm um sich schlägt. Dabei trifft sie hin und wieder ihre Schwester am Kopf.

Nun sehen sie einen Mann mit einer Leiter auf den See zueilen. Er legt die Leiter in den Schnee und schiebt sie in Richtung Insel. Es ist eine sehr lange Leiter, doch sie reicht nicht weit genug. Der Mann legt sich auf den Bauch und robbt langsam näher, die Leiter schiebt er vor sich her. Ein anderer Mann kriecht ebenfalls durch den Schnee. Nun fassen sich die Leute auf dem Waldweg an den Händen und bilden eine lange Kette, so dass die Leiter bald an Sofies Bein stößt.

„Gib mir die Hand!"

Sofie versucht es, doch es gelingt ihr nicht. Sie schließt ihre Augen. Sie hat einfach keine Kraft mehr und fühlt sich leer und fast zufrieden. Die Schreie ihrer Schwester dringen wie von weit her durch einen Berg von Watte. Plötzlich fühlt sie sich derb an der Schulter gepackt. Doch die Hand ihrer Schwester ist wie an ihr festgewachsen.

Sie hört, wie es neben ihr rauscht und glaubt, nun auch ins Wasser gefallen zu sein. Doch es ist das Geräusch von einem Schlauchboot, das über den Schnee geschoben wird. Nun können die Männer von der Leiter und dem Boot aus beide Mädchen gleichzeitig hochheben und ins Boot legen.

Kaum am Ufer wickelt jemand eine Folie um die eiskalt gefrorenen Mädchen. Marie sieht vier Leute in weißen Arztkitteln, dann schließt auch sie ihre Augen.

Sie werden von starken Männern ins Krankenhaus getragen, das sie bereits nach wenigen Gehminuten erreichen.

Irgendwann spürt Sofie, dass ihr eine Hand liebevoll über den Kopf streicht. Das kann nur die Mutter sein und Sofie fängt erleichtert an zu weinen. Nun wird alles gut.

Langsam wird ihr warm und sie merkt, dass sich Maries Hand von ihr lösen lässt. Die Mädchen erhalten kreislaufstärkende Medikamente und müssen sicherheitshalber noch eine Nacht in der Klinik bleiben.

„Nie wieder gehe ich aufs Eis", flüstert Marie. „Und ich werde besser auf dich hören und nicht mehr so leichtsinnig sein."

Sofie lächelt im Halbschlaf, doch sie kennt ihre Schwester und weiß, dass sie sich an dieses Versprechen bereits morgen nicht mehr erinnert.

Was genau ist sinnlich?

„Was siehst du in dieser Frau?", fragt mich mein Freund Herbert. „Du starrst sie seit einer Ewigkeit an. Die sieht doch hundsgewöhnlich aus."

Gewöhnlich? Ist er blind geworden auf seine alten Tage? Diese Frau ist unglaublich faszinierend, vielleicht keine klassische Schönheit, jedoch strahlt sie eine fast knisternde Sinnlichkeit aus. Sie bewegt sich aufreizend langsam. Ihr weinrotes Kleid umspielt lose den Körper und lässt die weiblichen Rundungen mehr erahnen als sie plump zu zeigen. Die Schuhe sind ebenfalls weinrot und haben nur einen mittelhohen Absatz. Nun bleibt sie stehen, schaut ihrem Gegenüber in die Augen und lauscht offenbar interessiert seinen Worten. In ihrer linken Hand hält sie ein mit Rotwein gefülltes Glas, mit der rechten streicht sie eine Locke aus ihrem Gesicht.

„Die ist doch viel zu fett und außerdem zu alt", brummt Herbert verächtlich.

Immerhin ist sie gut zehn Jahre jünger als mein Freund und auch ebenso viele Kilogramm leichter. Plötzlich packt er mich fest am Arm und zeigt mit der Hand in Richtung Tür.

„Guck dir diesen heißen Feger da drüben an, die Blonde in dem giftgrünen Fummel."

Dort steht eine aufgedonnerte junge Frau und taxiert die Gäste, die sich bereits im Raum befinden. Eine Hand stemmt sie herausfordernd in die Hüfte, in der Armbeuge hängt eine rosarote Handtasche. Ihre wunderschönen langen Beine stecken in halsbrecherisch hohen Pumps, der Rock bedeckt knapp den Hintern und sitzt auf dem schlanken Körper wie eine zweite Haut.

„Wow! So eine sexy Braut würde ich nicht von der Bettkante stoßen", keucht Herbert.

Wenn man mit sexy viel nackte Haut meint, stimmt das. Ich mag es lieber etwas verhalten und vor allem weiblicher, sinnlicher. Das ist Erotik für mich. Die junge Schönheit steht noch immer an der Tür, schaut verwegen in die Runde und reckt ihre vollen Brüste.

„Mann, hat die geile Titten!", schwärmt Herbert und schließt genüsslich die Augen, um sie sofort wieder aufzureißen und erneut hinzuschauen.

„Ich mag ebenfalls dralle Brüste, doch ich mag es nicht, wenn sie mir so dreist und unbedeckt dargeboten werden."

„Du bist doof!", empört sich mein Freund. „Wenn sie bedeckt sind, siehst du sie doch nicht."

„Aber ich ahne sie. Geschicktes Verbergen regt eben meine Fantasie an. Verstehst du?"

Herbert zeigt mir einen Vogel.

„Voll geil!"

Für mich ist das eher vulgär. Ich schaue wieder hinüber zu der Frau im weinroten Kleid. Jetzt lächelt sie. Oh! - wenn sie mich so anlächelte, würde ich dahinschmelzen. Sie wirkt, als würde sie von innen heraus strahlen. Ob ich einfach zu ihr hinüber gehe und mich vorstelle? Doch Herbert hält mich am Arm fest.

„Sie kommt!", flüstert er. „Sie kommt direkt auf uns zu."

„Hast du mal Feuer?", spricht mich die Blondine an und kommt mir dabei so nahe, dass mir ihr süßliches Parfüm in der Nase brennt.

Sie hat ein sehr hübsches Gesicht, das leider mit einer dicken Farbschicht zugekleistert ist. Ich schüttle den Kopf, doch Herbert zückt sofort sein Feuerzeug. Er nennt es seine Geheim-waffe, denn er raucht gar nicht und braucht das Ding nur für Frauen, die Feuer brauchen.

„Thanks", keucht sie näselnd und zieht das Ä dabei lang.

Hat sie vorhin nicht Deutsch um Feuer gebeten?

„Bin die Cärolein."

Vermutlich heißt sie Karoline, was ihr wohl zu gewöhnlich ist. Herbert stiert in ihr Dekolleté. Er hat gar keine andere Wahl, denn die Frau reckt ihm ihre unbedeckten Brüste direkt unter die Augen.

„Du bist ja ein ganz ein Schlimmer", säuselt sie und dreht sich anbiedernd hin und her.

Wenn Herbert nicht aufpasst, tropft gleich sein Sabber auf das dargebotene Fleisch. Bei diesem Gedanken muss ich lachen und nehme schnell einen Schluck aus meinem Glas.

Mir tun die Beine weh. Ich mag es nicht, wenn man sich nicht setzen kann. Bei solch einer Gemäldeausstellung stehe ich meist eine halbe Stunde herum, trinke ein Glas, nicke den Bekannten zu und verschwinde wieder. Es sind ohnehin immer die gleichen Leute. Die Künstler erkennt man an ihren schwarzen Rollkragenpullovern und den überdimensionalen Schals, in die sie sich wickeln. Meist haben sie eine oder gleich beide Hände in den Schlabberhosen vergraben. Die malenden Frauen sehen ähnlich aus, nur tragen sie statt der Hosen lange Röcke und oft keine Schuhe, dafür einen Hut oder ein Tuch um den Kopf. Ihre Taschen sind meist überdimensionale Jute-Stoffbeutel. Die geladenen Gäste kleiden sich in graue Anzüge wie ich. Nur die jungen Frauen wechseln. Sie tragen wie Karoline tief ausgeschnittene Kleider und sollen die Gäste bei Laune und im Raum halten. Das bringt ein wenig Abwechslung in immer den gleichen Ablauf mit immer den gleichen Leuten und ihren nichtssagenden Gesprächen.

Auf der Einladung war ein Abendessen angekündigt. Ich hoffe, dass es einen weiteren Raum mit Tischen und Stühlen gibt, wo man sich zum Essen setzen kann.
„Monsieur? Un petit sac à main, s´il vous plait?"
„Nein, danke."
Niemals esse ich mit den Fingern. Schon gar nicht im Stehen. Auch dann nicht, wenn es so übertrieben vornehm angeboten wird.
„Fingerfood! Geil!", kreischt Karoline und hippelt begeistert hin und her, wobei ihre Brüste lustig mitwippen.
Herbert schaut ihr mit offenem Mund zu und greift prompt daneben, als er sich eines der kleinen Teilchen vom Tablett angeln will. Wieder kann ich mir kaum das Lachen verkneifen und beiße mir auf die Lippen.
„Halt mal!" Karoline drückt Herbert ihr Glas in die Hand und packt mit beiden Händen

gleichzeitig je zwei Häppchen. Dann schaut sie sich suchend nach einer Ablage um. Doch bevor sie mir einen Teil ihrer Beute aufdrängen kann, drehe ich mich zur Seite und gehe langsam davon.

Ich suche mit den Augen das weinrote Kleid. Manchmal scheint mir ein Zipfel zwischen all den schwarzen und grauen Sachen zuzublinzeln, doch wenn ich darauf zugehe, ist es in der Menge verschwunden. Hoffentlich ist sie nicht bereits gegangen. Enttäuscht stelle ich mich an die Seite und schaue mich um.

„Vermissen Sie jemanden?", höre ich eine angenehm weibliche Stimme.

Ich blicke in warme braun-grüne Augen und suche angestrengt nach Worten. Neben mir steht tatsächlich die Frau im weinroten Kleid.

„Hanna Weinbacher", stellt sie sich vor.

„Angenehm", stottere ich etwas unbeholfen und strecke ihr meine Hand entgegen. „Andreas Bierbach."

Wir lachen zur gleichen Zeit los. Hanna blinzelt mir verschmitzt zu und lächelt. Ich bin vollkommen hingerissen.

„Nein, ich scherze nicht. Das ist tatsächlich mein Name. Allerdings trinke ich auch ganz gern mal einen Wein."

Ich hebe mein Glas und stoße damit leicht an das ihre. Wieder lacht Hanna. Sie ist vermutlich etwa in meinem Alter, also nicht viel jünger als fünfzig Jahre. Auf den ersten Blick ist sie keine Schönheit, doch sie wirkt unglaublich anziehend. Ich weiß nicht, woran das liegt. Sind es ihre großen Augen, mit denen sie mich mal schelmisch, mal interessiert, mal nachdenklich anschaut? Oder ist es ihr Mund, der so sinnlich verhalten lächelt oder offen lacht? Ihre braunen Haare fallen in weichen Wellen auf die Schultern. Sie zappelt nicht herum, kichert nicht albern und hält einen angenehmen Körperabstand.

„Darf ich Ihnen etwas bringen?"

Hanna schüttelt den Kopf.

„Nein, danke. Wissen Sie, ich esse nicht gern mit den Fingern und schon gar nicht im Stehen."

Am liebsten hätte ich sie jetzt in den Arm genommen und fortgeführt. Doch das gehört sich natürlich nicht. Trotzdem nehme ich all meinen Mut zusammen und sage ziemlich plump: „Mir geht es ebenso. Darf ich Sie zu einem richtig guten Essen einladen? Hier scheint es nur Häppchen zu geben, aber keine Tische und Stühle."

Ich traue kaum meinen Ohren, als Hanna mich lächelnd anschaut und antwortet: „Gern. Gehen wir!"

Die Zahl 15 und das Glück

Ich wurde an einem **15**. Mai geboren. Das war ein Sonntag. Meine Oma sagt, Sonntagskinder sind Glückskinder. Heißt das, ich bringe Glück? Oder heißt das, ich habe selbst immer Glück? Was ist eigentlich Glück?
Für meine Oma ist Glück Zufriedenheit. Doch ich will nicht nur zufrieden sein, zufrieden mit dem, was ich habe, obwohl ich etwas ganz anderes wollte.

Meine Oma hatte Glück, weil sie den Krieg überlebte. Aber ihr Mann und ein Sohn sind im Krieg gefallen. Zwei Jahre nach Kriegsende wurden sie alle aus Pommern vertrieben, die zwei kleinsten Kinder starben unterwegs. Es sei Glück im Unglück, dass zwölf der **15** Kinder heil mit ihrer Mutter in Sachsen ankamen, sechs Jungs und sechs Mädchen.
Ein Junge davon ist heute mein Vater. Er war der Älteste und musste sich um seine jüngeren Geschwister kümmern. Sie kamen alle in einer kleinen Wohnung mit zwei Räumen, einer Küche und einer Bodenkammer unter.
Meine Oma konnte von Glück sagen, dass drei ihrer Mädchen in Haushalten aufgenommen

wurden, wo sie nicht nur helfen mussten, sondern eine Mahlzeit und ein Bett für die Nacht bekamen. Drei der älteren Söhne erlernten Handwerksberufe wie Bäcker, Schuster und Schneider. Auch sie wohnten bei den Familien ihrer Lehrmeister. Das schaffte Platz in der kleinen Wohnung und half wirtschaften.

Erst dann durfte mein Vater auf Brautschau gehen, er war inzwischen 27 Jahre alt.

Ich wusste schon sehr früh, dass ich ein Glückskind bin. Mir fiel einfach alles zu. Ich mochte die Schule, hatte viele Freunde und genoss den Tag – ganz im Gegensatz zu meiner älteren Schwester, die immer ernst war und ständig grübelte. Außerdem hatte sie dunkle, fast schwarze Haare und obendrein Locken. Mein Haar dagegen fiel wunderbar glatt bis über die Schulter und leuchtete in der Sonne. Ich war glücklich, denn ich hatte goldene Haare wie die Goldmarie, während meine Schwester nur eine Pechmarie war.

Inzwischen ist das Haar meiner Schwester nicht mehr ganz so dunkel, sondern von grauen Strähnen durchzogen. Doch meine Haarfarbe schimmert zum Glück nach wie vor wunderbar goldblond.

An meinem **15.** Geburtstag ging ich am Abend mit meinen Freundinnen spazieren. Wir alberten herum und kicherten, als wir eine Gruppe Jungs trafen. Einer der Jungen fiel mir sofort auf, weil er so groß war. Er hieß Harald, kam direkt auf mich zu und fragte: „Willst du eine Zigarette?"

Zuerst wollte ich zugreifen, schließlich bin ich kein Feigling und wollte Harald imponieren. Doch dann schüttelte ich den Kopf. Harald blieb trotzdem mein Freund und ich beschloss, dass ab sofort die **15** meine Glückszahl ist.

Meine Oma sagte, viele Menschen versäumen das kleine Glück, während sie auf das große vergeblich warten.

Ich wollte nicht warten, sondern wusste sofort, dass Harald der Mann meines Lebens ist, ich hätte ihm sowieso nicht widerstehen können. Kurz darauf wurde ich schwanger.

Meine Oma war bei ihrem ersten Kind nicht viel älter als ich, aber meine Eltern wollten das Kind ihres Kindes nicht haben und mich plötzlich auch nicht mehr. Aber wohin hätte ich gehen können? Harald lebte ebenfalls noch bei seinen Eltern und teilte sich mit seiner Schwester ein winziges Zimmer.

Meine Oma sorgte dafür, dass ich bei den Eltern bleiben und mein Kind behalten durfte.

Harald ist alles andere als ein Null-Acht-**15**-Typ. Schon durch seine Größe von knapp zwei Metern fällt er auf. Er hat wie ich blonde Haare und blaue Augen.

Wir wollten sofort heiraten, aber unsere Eltern verlangten, dass wir zuerst unsere Berufsausbildung abschließen.

Glücklicherweise ging alles gut, obwohl die Geburt des Kindes mitten in meine Lehrzeit fiel.

Unser Sohn kam am **15.** Februar auf die Welt und ein Jahr darauf hielt ich meinen Facharbeiterbrief in den Händen. Auch Harald glückte der Abschluss und wir konnten endlich heiraten, an einem **15.** November.

An diesem Tag gab es den ersten Schnee, der den Bäumen und Häusern weiße Hütchen aufsetzte, alles Unschöne verdeckte und wunderbar in der Sonne glitzerte. Mir kam es vor, als ob mir die ganze Welt Glück wünschen wollte. Ich lief neben dem Weg entlang, um erste Spuren in den Schnee zu drücken. Ich mochte das gern: Spuren hinterlassen und die Erste sein.

Ich war überglücklich und im sechsten Monat schwanger. Unsere Tochter wurde an einem Sonntag geboren, sie ist genauso ein Glückskind wie ich.

Unsere erste gemeinsame Wohnung fanden wir in der Rhönstraße **15**. Noch bevor wir mit dem Renovieren und Tapezieren fertig waren, musste mein Mann **15** Monate zum Grundwehrdienst. Das war keine glückliche Zeit für mich so allein mit den beiden kleinen Kindern. Das Geld reichte hinten und vorne nicht. Zum Glück besuchte mich oft meine Oma, half mir im Haushalt, steckte mir fünf Mark oder auch mal ein paar Eier zu und vertrieb meine Einsamkeit.

Ich mag Zahlen, nicht nur die **15** und zähle eigentlich alles: wie oft ich beim Kartoffelschälen das Messer ansetzen muss, wie viele rote Autos an mir vorüber fahren, während ich auf den Bus warte, wie viele Erdnüsse ich am Abend esse, wie viele Schritte ich brauche, um über die Straße zu kommen.

Harald meint, ich hätte einen Zahlentick und macht sich ständig lustig über meine Glückszahl **15**.

Trotzdem schenkt er mir zu jedem Geburtstag **15** gelbe Rosen. Hinten in unserem Garten hat er sogar **15** verschiedene Astern gepflanzt, niedrig wachsende, mittlere und hohe Sträucher. Die ersten fangen im Mai an zu blühen, die letzten im Spätherbst. Sie blühen in allen Farben: blau, violett, weiß, rosa und sogar gelb.

Harald liebt das Meer, er schwimmt gern. Auch unsere Kinder mögen das Wasser. Doch ich bin im Urlaub nur dann glücklich, wenn wir in den Bergen sind. Ich mag die Alpen, am liebsten Tirol, obwohl ich schon beim kleinsten Anstieg außer Atem komme. Meine Familie macht sich einen Spaß daraus, mich anzufeuern: „**15** Schritte noch! Eins, zwei, drei …!"

Manchmal kriege ich das hin, aber oft muss ich mich schon nach viel weniger Schritten auf den Boden setzen und mich ausruhen. Mir sind die Beine schwer, der ganze Körper zieht nach unten und ich kriege einfach keine Luft.

Deshalb fällt es meiner Familie leicht, mich zu einem Urlaub an die Mecklenburger Seenplatte zu überreden. Dort kann ich zwar laufen, aber dort bin ich nicht glücklich.

Heute ist unser **15**. Hochzeitstag und Harald hat mir einen wunderschönen Strauß aus **15** roten langstieligen Rosen geschenkt. Doch auch ohne diese Blumen weiß ich, dass er mich liebt, was mich sehr glücklich macht.

Meine Oma sagt, es wäre die Gläserne Hochzeit, hebt den Zeigefinger und mahnt: „Glück und Glas – wie leicht bricht das."

Jetzt habe ich genug erzählt. Bei uns in Sachsen sagt man: „Schmach erschtmo ne Fuffzn (ich mache erst einmal eine **15**)". Das heißt: eine Pause von **15** Minuten, kann aber auch bedeuten: „Schluss für heute".

Was bedeutet dein Name?

Bedenke wohl, eh du sie taufst!
Bedeutsam sind die Namen;
Und fasse mir dein liebes Bild
Nun in den rechten Rahmen.
Denn ob der Nam den Menschen macht,
Ob sich der Mensch den Namen,
Das ist, weshalb mir oft, mein Freund,
Bescheidne Zweifel kamen;
Eins aber weiß ich ganz gewiß:
Bedeutsam sind die Namen!
So schickt für Mädchen Lisbeth sich,
Elisabeth für Damen;
Auch fing sich oft ein Freier schon,
Dem Fischlein gleich am Hamen,
An einem ambraduftigen,
Klanghaften Mädchennamen.
Theodor Storm

Indianer vergeben die Namen erst, nachdem sie den Charakter des Menschen erkennen, denn keiner wollte einen zierlichen Angsthasen „tapferer Krieger" rufen. Auch im fernen Osten achtet man auf die Bedeutung des Rufnamens. Vor allem die Chinesen fragen: „Was bedeutet dein Name?"

Mein erster Vorname *Elisabeth* hat leider überhaupt keine Bedeutung oder leitet sich von *Gott geehrt* ab. Gott spielt in vielen Namen eine Rolle, was früher wohl wichtig war. Heute kürzt man Elisabeth schlicht in Lisa ab, der in den deutschen Namen-Hitparaden ganz weit oben steht.

Mein zweiter Vorname *Helene* gefällt mir schon besser, denn er heißt *Die Strahlende*. Seit einigen Jahren sind die Kurzformen Lene oder Lena sehr beliebt.

Mein Rufname *Petra* soll *Fels*, *Geste*in bedeuten. Heißt das, ich sei kalt und gefühllos wie ein Stein? Trotz der positiven Vokale ist der Klang hart. Doch die Sachsen machen aus der harten Petra eine weiche Bedro. Jedenfalls handelt es sich bei diesem Namen um einen der zehn beliebtesten weiblichen Vornamen aus der Zeit zwischen 1953 und 1970.

Mein Vater hieß *Hugo*. Das bedeutet klug, besonnen und passte hervorragend zu seinem Wesen. Auch meine Mutter hat mit *Brigitte* einen passenden Vornamen, denn sie fühlt sich *erhab*en. Mein Mann heißt *Steffen* und ist somit der *Gekrönte.* Unseren Sohn nannten wir *André (*der *Männliche, Tapfere)* und unsere Tochter *Anett (Anmut, Liebreiz).*

Mir ist es ein ganz besonderes Vergnügen, den Namen mit dem Wesen seines Trägers zu vergleichen. Viele meiner Verwandten tragen kriegerische Namen wie Speerwerfer, der Tapfere, Kraft und Stärke. Meine jüngste Tante bildet eine Ausnahme, denn Rita bedeutet Perle. Zu ihr passte dieser Name gut. Doch meinen sanften Onkel Berthold (Herrscher) zu nennen, war keine gute Wahl.

Sonja und Sophia symbolisieren die Weisheit. Vielleicht sind deshalb diese beiden Namen eher selten, weil auch wahre Weisheit recht selten vorkommt. Besonders klug ist es zum Beispiel nicht, seine Tochter Lilly zu nennen, was Dunkelheit oder Nacht bedeutet. Cecilia ist die Blinde, Claudia die Hinkende, Linus der Betrauerte, Paul der Kleine, Bianka die Farblose. Elias übersetzt man mit *Mein Gott in Jahwe.* Ich kann mir nicht vorstellen, dass man mit derartigen Namen glücklich wird.

Manchmal ergeben sich direkt gegensätzliche Bedeutungen. So ist Marion für die Franzosen die Koseform von Maria und gleichzeitig die Widerspenstige (ebenso Mia, 2016 der beliebteste Mädchenname) oder die Geliebte, aus dem Ägyptischen die Verbitterte und ebenso Stern des Meeres. Florian kann der Blühende bzw. Prächtige bedeuten oder der Blonde - Fabian ist edel oder schlicht eine Bohne.

Die meisten Eltern suchen für ihre Kinder Modenamen aus, die sie aus Filmen ableiten wie zum Beispiel Kevin aus „Kevin allein zu Haus", was immerhin für freundlich und ehrlich steht. Jonah aus „Schlaflos in Seattle" ist die Taube, mit der man sich eher Schmutz als einen sportlichen Jungen vorstellt. Nach dem Film „Der kleine Lord" nannte man viele kleine Jungen Cedric, was Kriegsherr bedeutet und hoffentlich keinen streitsüchtigen Burschen kennzeichnet. Einen Kampfhahn sollte man nicht Tobias rufen, denn der ist der Gütige. Annika stammt aus dem Kinderbuch „Pippi Langstrumpf" und bedeutet die Begnadete, Hermine aus „Harry Potter" Kriegerin, Kämpferin.

Sehr beliebt sind fremdländische Namen. Eine Monika gibt es schon lange nicht mehr, eher eine Monique (Einsiedlerin). Aus Therese wurde Tessa (die Wilde). Liam ist irisch und moderner als die deutsche Form Wilhelm, wobei beides entschlossener Beschützer heißt. Katharina kürzte man anfangs in Kathrin oder Käthe und wandelte sie später in die englische Cathleen (die Reine). Matteo hat Matthias abgelöst, bedeutet Gabe des Herrn und wird auch Matheo, Mathéo oder Mateo geschrieben. Statt Luise und Ludwig schreibt man heute komplizierter Louisa oder Louis (berühmt, Kampf, Krieg). Diese Kinder werden ihr Leben lang ihren Namen buchstabieren müssen. So auch Jannik oder Jannick, Janick, Janik und das gleiche noch einmal mit Y statt J – abgeleitet von Johannes (hat Gnade erwiesen).

Allein in Bayern bleibt man bei der Namensfindung den bewährten Traditionen treu. Dabei trägt man den vollen Namen in die Geburtsurkunde ein, ruft aber die Kurzform. Zum Beispiel schreibt man das Madl Antonia und ruft Donerl, Elisabeth Bethi, Franziska Fannerl oder Franzi, Veronika Vroni und den Buam Christoph Stofferl, Georg Schorschl, Gustav Gustl, Joseph Sepp und Sebastian Basti.
Früher hatten auch die Berliner ihre eigenen typischen Namen wie Trixi oder Fritzi. Doch heute gilt für die Berliner die gleiche Hitliste der Babynamen wie für das gesamte Land mit Ausnahme der Bayern. Ich liebe Traditionen und mag schon deshalb die bayerischen Namen besonders gern.

Ich kannte eine Familie mit fünf Kindern, die ihren Nachwuchs nach dem Alphabet benannten. Die Erstgeborene hieß **A**nne, die nächste **B**eate, danach kamen **C**hristoph und **D**aniel und zum Schluss die kleine **E**rika. Das erinnert mich an Hundezüchter, die ihren ersten Wurf A-Wurf nennt, den zweiten B usw.

Vor vielen hundert Jahren gab es nur Vornamen. Doch im zwölften Jahrhundert wurden Familiennamen nötig, weil es immer mehr Menschen und somit Verwechslungen gab. Erst 1875 führte man im Deutschen Reich Standesämter ein, die die Namen registrierten. der die Zugehörigkeit zu einer ganzen Sippe kennzeichnete. Anfang des 15. Jahrhunderts waren Familiennamen überall im deutschen **Sprachraum** anzutreffen, aber nicht durchgehend. Auch konnte der Familienname noch wechseln, zum Beispiel bei Wegzug oder aufgrund neuer Berufstätigkeit.
Unter den 50 häufigsten deutschen Familiennamen stellen die Berufsnamen die Mehrheit wie zum Beispiel Schmidt, Müller, Huber, Wagner, Bäcker, Schäfer und Schulz. Oder man nutzte den Vornamen des Vaters als Familienname wie Werner, Walter, Hermann, Günther. In Norddeutschland wandelte man Peter in Peterson und Hans in Hansen um.

Bei Eheschließungen übernimmt meist die Frau den Nachnamen des Mannes. Sie darf auch diesen mit ihrem eigenen Familiennamen zu einem Doppelnamen verbinden oder ihren Geburtsnamen behalten. Wird die Ehe aufgelöst, dürfen beide Partner jeden früher rechtmäßig geführten Familiennamen annehmen. Bei Kindern ist es am einfachsten, wenn der Nachwuchs den gemeinsamen Familiennamen übernimmt. Gibt es keinen, wird in der Regel der Nachname der Mutter bzw. des Erziehungsberechtigten eingesetzt. Ein Doppelname aus den beiden Familiennamen der Eltern ist hierbei nicht möglich.

Der Rufname sollte meiner Meinung nach angenehm klingen und deshalb ein freundliches A enthalten, gerne noch ein neutrales E oder O. Die Vokale I und U wirken dagegen traurig und direkt verdrießlich. Hübsch ist, wenn der Name von der Tonfolge her zum Familiennamen passt.

Für mich ist das Thema Name sehr interessant und ich frage bei nahezu jeder neuen Bekanntschaft: „Was bedeutet dein Name?"

Ein besonderes Abendessen

veröffentlicht in: „Literarische Weinlese"

Seit einem Jahr leben Susi und ihr Mann Manfred in Offenbach, einer schönen Stadt am Main direkt neben Frankfurt. Sie fühlen sich ausgesprochen wohl hier. Manfred arbeitet als Serviceingenieur und hat sich mit einem jungen Kollegen angefreundet. Der wohnt in Heppenheim an der Bergstraße, hat dort ein schönes Häuschen und einen kleinen Weinberg. Seine Frau Gabi war sogar vor fünf Jahren Weinkönigin. Dazu muss man nicht nur hübsch aussehen, sondern vor allem allerhand über Weine und deren Besonderheiten, ihre Anbaugebiete und vieles mehr wissen. Susi kennt sich nicht aus mit Wein. Wenn sie doch einmal Wein trinkt, dann süßen.

Heute dürfen Susi und Manfred bei der Weinernte helfen.
„Das heißt nicht Ernte, sondern Wein-LESE", erklärt Gabi. Nun, sie ist Lehrerin und korrigiert sofort jeden Fehler.
Jürgen und Gabi haben noch weitere Freunde, Familie und einige Leute aus dem Ort als Helfer eingeladen. Alle halten ein dickes Butterbrot

und ein hart gekochtes Ei in den Händen.

Susi schaut sich um. Sie stehen oben auf einem Hang und blicken über ein riesiges Weinfeld hinunter ins Tal. Auf der anderen Seite thront hoch oben die Starkenburg.

„Wir schneiden heute nur weiße Trauben ab, die roten müssen noch einen Monat reifen."

Jürgen hält mit einer Hand eine Gartenschere in die Luft und die andere quer darunter, als ob er eine Traube trägt. Dann zeigt er auf einen Stapel Plastikkörbe. Jeder greift solch einen Korb und geht in einen Gang zwischen den Weinstöcken. Susi macht es ihnen nach und hat bald viel Spaß daran, die dicken schweren Trauben abzuschneiden und ab und zu eine zu naschen. Die Leute aus dem Ort rufen sich derbe Scherze zu. Doch bald werden Susi die Arme schwer und der Rücken tut weh, sie hat keine Lust mehr auf das Geschnippel.

Gerade, als sie frustriert aufgeben will, bringt Jürgens Mutter einen großen Korb mit Brot, Wurst und Käse, dazu Wein. Doch der Wein schmeckt Susi nicht, er ist ihr viel zu sauer. Die Anderen scheinen das nicht zu merken oder sind einfach höflich, denn sie trinken ihn und prosten sich laut zu.

Danach wird weitergearbeitet. Susi versucht, tapfer mitzuhalten, doch bald gibt sie auf und lässt sich erschöpft auf eine Bank fallen. Sie schaut sich nach Manfred um, aber er ist nicht zu sehen. Offensichtlich hat er Freude an dieser harten Arbeit.

Endlich ruft Gabi zu Kaffee und Kuchen. Susi will sich wenigstens hierbei nützlich machen und hilft beim Ausschänken und Verteilen. Den Weinkeller möchte sie nicht besichtigen, sie will einfach nur noch nach Hause.

Eine Woche später laden sie Jürgen und Gabi zum Abendessen ein. Susi gibt sich viel Mühe mit dem traditionellen Festessen für Gäste: Kartoffelsalat. Außer dem üblichen Fleischsalat, Gewürzgurken und hart gekochten Eiern rührt sie noch kleingeschnittene Paprika, Äpfel, Schnittkäse und Kochschinken in den Salat, damit er ganz besonders gut schmeckt. Dazu gibt es natürlich Wiener Würstchen.

„Sei nicht beleidigt, aber ich dachte mir schon, dass es bei dir nur Kartoffelsalat gibt", beschwert sich Jürgen.

„Wie meinst du das?", wundert sich Susi.

„Naja, Kartoffelsalat ist nichts besonderes, verstehst du?"

Susi nickt, obwohl sie eigentlich gar nichts versteht. So weit sie zurückdenken kann, gab es daheim bei ihrer Mutter immer Kartoffelsalat für Gäste. Auch ihre Verwandten und Freunde hielten es so, Susi ebenfalls.

Nicht einmal der Wein scheint den Gästen zu schmecken, dabei hat Susi extra leckeren lieblichen Riesling besorgt, Spätlese. Gabi erklärt, zur Nachspeise würde der Wein passen, aber zu Würstchen mit Salat hätte sie lieber ein Bier. Jürgen nickt.

Drei Wochen später erhalten sie von Jürgen eine Gegeneinladung zum Abendessen. Außer ihnen sitzen acht weitere Freunde am Tisch.
Zuerst trägt Gabi eine gelbe Suppe auf, sie ist aus Kürbis, Kokosmilch und Ingwer zubereitet. Dazu serviert Jürgen einen Gewürztraminer.
Danach gibt es einen Salat mit Hühnerbrust und Walnüssen. Der süße Wein dazu ist ganz nach Susis Geschmack.
Sie freut sich, als anschließend kurze Nudeln mit einer roten Soße, die Susi für eine Tomatensoße hält, serviert wird.
„Nein, das ist eine Rote Bete-Creme", erklärt Jürgen.
Susi ist nicht begeistert, denn sie mag keine Roten Bete. Dazu schenkt er wieder einen neuen Wein ein: einen roten Pinot. An diesem nippt Susi nur.
Schließlich präsentiert Jürgen eine riesige Platte. Alle Gäste rufen „Ah!"
„Saltimbocca!", verkündet Jürgen feierlich.
„Saltimbocca an Pilzrahmsoße mit Pfifferlingen,

dazu Ratatouille und Risotto."

Die Gäste klatschen begeistert in die Hände, Susi und Manfred ebenfalls, obwohl beide nicht wissen, was diese Namen alle bedeuten. Immerhin schmeckt das Gericht hervorragend. Jürgen empfiehlt dazu einen Zweigelt, aber Susi möchte keinen weiteren Wein probieren.

Alle Gäste sind längst satt, als Jürgen ein großes Brett hereinträgt.

„Warme Zwiebeltarte!", verkündet er.

Jeder Gast erhält ein Glas Weißwein. Susi ist kein Weinkenner, doch dieser etwas süße Wein schmeckt ihr richtig gut. Den seltsamen Zwiebelkuchen mag sie allerdings nicht, während Manfred am liebsten ein zweites Stück genommen hätte. Doch in seinen vollen Bauch passt nichts mehr hinein.

„Den Abschluss bildet eine Himbeer-Holunder-Parfait mit Portwein-Zwetschgen."

Susi öffnet heimlich den obersten Hosenknopf, aber auf diese leichte Cremespeise mag sie nicht verzichten.

„Ich habe sämtliche Rezepte aufgeschrieben. Wer also Interesse hat ..."

Susi ist klar, dass das Nachkochen viel zu aufwändig ist und lehnt dankend ab.

„So wunderbar wie du kann ich nicht einmal mit Rezept kochen. Mir gefielen auch deine Erklärungen zu den verschiedenen Weinen.

Dazu habe ich mir sogar Notizen gemacht."
Obendrein weiß sie jetzt, wie sich Jürgen ein
gelungenes Abendessen für Gäste vorstellt.

Die Zeit heilt Wunden

Man müsse loslassen heißt es. Man müsse akzeptieren, dass Kinder sterben. Gott holt die, die ihm am liebsten sind, zuerst. Aber mein Kind war auch für mich das Liebste. Ich kann nicht akzeptieren, dass Gott mein Kind holen darf und ich darauf verzichten muss.

Es heißt auch, dass alles Schlimme sein Gutes in sich trägt, das man später erkennt. Was soll gut daran sein, dass meine Tochter gestorben ist?

Die Zeit soll Wunden heilen. Daran glaube ich nicht. Die Zeit tut gar nichts, sie vergeht einfach nur. Sie vergeht nicht immer im gleichen Tempo, manchmal rasend schnell und manchmal wie in Zeitlupe. Was ist schon Zeit? Soll sie doch vergehen oder verschwinden, so schnell oder so langsam sie will. Mir bedeutet es nichts.

Meine Tochter Marie war 24 Jahre jung, eine wunderschöne junge Frau mit blonden Locken, strahlend blauen Augen und vollen Lippen, die meist lachten.

Wir wanderten an einem sonnigen Oktobertag mit unseren Hunden durchs Erzgebirge und lachten viel. Unser Geschnatter wurde von einem Hustenanfall unterbrochen, der Marie kurz schüttelte, aber schnell vorüber war. Ich war plötzlich besorgt und schalt mich selbst dafür, dass ich im ersten Impuls die Rettung alarmieren wollte. Während ich noch überlegte, welcher Ort wohl in der Nähe liegt, lachte und scherzte mein Kind längst wieder.

Später im Auto sah ich plötzlich ihre linke Hand neben mir nach unten rutschen. Noch im Anhalten wählte ich die 112 und sagte: „Meine Tochter ist gestorben. Können Sie kommen?"

„Wo sind Sie?"

„In Herold vor einer Firma mit Dachziegeln."

„Wir sind sofort da."

Ich hatte vergessen zu sagen, dass mein Kind 24 Jahre alt ist und nicht mehr so klein, wie der Rettungsdienst vielleicht glaubte. Ich stieg aus, ging um das Auto herum und öffnete die Beifahrertür. Meine Tochter saß etwas schräg im Sitz und wirkte völlig entspannt. Ich strich ihre Haare aus der Stirn.

„Marie, mein Schatz, was ist mit dir?"

Ich wusste, dass sie nicht reagieren konnte, ich wusste es einfach. Ich beugte mich über sie und legte sanft meine Lippen auf ihre. Sie waren warm und feucht. Langsam atmete ich in sie hinein. Es hatte keinen Zweck. Ich streichelte sie.

Dann griff ich zum Telefon und rief meinen Mann an.

„Es ist etwas schlimmes passiert. Ich warte auf den Krankenwagen."

„Wo bist du?"

„In Herold."

Dann legte ich auf.

Kurz darauf hörte ich das Martinshorn, stellte mich auf die Straße und winkte. Eine Ärztin sprang heraus und ein Sanitäter.

„Vorsicht! Es sind Hunde im Auto", warnte ich.

Der Sanitäter strich mir behutsam über die Schulter. Er hob Marie vom Beifahrersitz, legte sie einfach auf den Fußweg und öffnete ihre Bluse. Ich konnte nicht mit ansehen, wie sie sich über mein Kind beugten und auf ihm herumdrückten. Sie taten ihr unnötig weh. Das bringt doch nichts.

„Wir nehmen Ihre Tochter jetzt mit. Ich mache Ihnen allerdings keine Hoffnung."

Ich nickte. Ich wusste es ohnehin längst. Ich setzte mich einfach an den Straßenrand. Dort fand mich mein Mann.

„Wo ist Marie?"

„Sie ist tot."

Seltsamerweise schien die Sonne einfach weiter. Mein Mann nahm meinen Kopf zwischen seine Hände.

„Aber wo ist sie jetzt?"

Ich zuckte mit der Schulter.

„Das nächste Krankenhaus ist in Annaberg. Ich glaube nicht, dass sie sie nach Chemnitz gebracht haben", überlegte er laut. „Komm! Wir fahren nach Annaberg."

Mein Mann schob mich auf den Beifahrersitz, wo noch vor einer halben Stunde Marie saß.

„Kannst du mir sagen, was passiert ist? Hattet ihr einen Unfall?"

Ich schüttelte den Kopf.

„Nichts. Nichts ist passiert. Sie ist einfach so gegangen. Gerade noch haben wir gelacht, dann war sie weg."

Im Krankenhaus suchten wir nach ihr in der Notaufnahme. Dort winkte uns eine Schwester in einen Raum. Ein Arzt sagte: „Gehirnbluten. Wir konnten sie nicht zurückholen. Wer weiß, vielleicht war es gut, dass es uns nicht gelungen ist. Ich habe die Kripo in Aue informiert. Sie werden eine Autopsie veranlassen. Bei so jungen Leuten macht man das immer."

Ich sagte leise: „Ich will sie sehen. Und sollten Sie es wagen, meine Tochter in Stücke zu schneiden, dann mache ich das mit Ihnen und Ihrem Krankenhaus ebenso."

Jemand öffnete eine Tür. Dort lag Marie. Sie sah ganz ruhig aus. Auch ich war ruhig. Mein

Mann legte seine Hände neben unser Kind, ich sah, wie er zitterte. Ich zitterte nicht.

„Bitte warten Sie noch einen Moment auf die Kripo. Sie werden bald hier sein. Ich rede mit ihnen. Vielleicht werden sie Sie etwas fragen. Dann dürfen Sie gehen."

Ich nickte.

„Trank Ihre Tochter Alkohol?"

Ich schüttelte mit dem Kopf.

„Nahm sie Medikamente?"

Wieder schüttelte ich den Kopf. Sehr langsam. Mir kam alles sehr langsam vor und gedämpft wie unter Wasser. In meinen Ohren rauschte es, doch ich konnte alles ganz klar verstehen.

Nach einer Weile kam der Arzt zurück.

„Sie können gehen. Ich habe der Kripo alles glaubhaft versichern können. Sie bestehen nicht auf einer Autopsie. Sie können also Ihre Tochter abholen lassen."

„Abholen lassen?"

„Von, von einem Bestattungsinstitut Ihrer Wahl."

„Ja. Natürlich."

Inzwischen war es dunkel geworden. Mir fielen die Hunde wieder ein, die noch im Auto saßen. Ich wunderte mich, dass sie kein einziges Mal gebellt hatten. Mein Mann nahm meine Hand und führte mich zum Auto.

Daheim sagte er ganz ruhig: „Wir müssen jetzt

etwas essen."

Ich nickte. Erst dann fing ich an zu weinen.

Und ich weine immer noch, wenn mich jemand freundlich anspricht, wenn mir jemand ein schönes Wochenende wünscht. Wie sollte ich jemals ein schönes Wochenende haben?

„Du hast sie zur Welt gebracht, du warst dabei, als sie ging. So ist es in Ordnung", versucht mein Mann, mich zu trösten.

Dabei ist er selbst untröstlich und kann gar nicht reden, wenn er reden möchte. Ich sehe, wie er um Fassung ringt, doch ich kann ihm nicht helfen.

„Ja, so ist es in Ordnung, ich war dabei, als Marie starb", gebe ich ihm recht.

Wäre ich nicht dabei gewesen, hätte ich keinem Menschen auf der Welt geglaubt, dass man meinem Kind nicht helfen konnte. Ich hätte keine Ruhe gegeben, keine Mühe gescheut, die Ursache ihres Todes herauszufinden, Zeugen zu ermitteln und gründlich zu befragen. Aber so gab es für mich nichts zu tun. Dieses Nichtstunkönnen lähmt mich, so dass ich mich nur ganz langsam bewegen kann. Ich habe keine Schmerzen, fühle nichts und gleichzeitig so intensiv, dass ich es nicht ertrage.

Ich ertrage es nicht, die Leute eilig hin und her

laufen zu sehen. Wozu soll das gut sein? Aber ich kann die Augen nicht schließen, denn sobald ich die Augen schließe, werde ich von fürchterlichen Bildern verfolgt. Mir bleibt nichts anderes, als aufzuspringen, hin und her zu laufen und meine Hände auf den Mund zu pressen.

Es passiert immer, wenn ich am wenigsten damit rechne, wenn ich mir zum Beispiel die Haare kämme und mein Spiegelbild anschaue. Dann bin ich nicht vorbereitet und dem Anfall hilflos ausgeliefert. Ich kann nicht mehr aufhören zu weinen.

Ich wache in der Nacht auf, sobald ich eingeschlafen bin, und suche mein Kind. Ich habe das dringende Bedürfnis, ihm zu helfen, es zu retten. Dann laufe ich durch die Wohnung und kann mich nicht beruhigen. Ich weiß ja, dass ich meine Tochter nicht finden kann.

Die Zeit vergeht, sie heilt Wunden. Ich merke nicht, dass meine Wunde heilt. Ich merke nicht einmal, dass die Zeit vergeht.

Ein ungewöhnlicher Geburtstag

Wir fahren jeden Samstag auf den Friedhof, um frische Blumen aufs Grab zu bringen. Es ist ein Ritual, das ich brauche. Hier auf diesem Friedhof befindet sich seit vier Monaten das letzte Bett unserer Tochter. Heute haben wir einen besonders üppigen Blumenstrauß aus lila Chrysanthemen und rosa Edelnelken aufgestellt, denn heute wäre ihr Geburtstag, der 25. Der erste Geburtstag ohne unsere Tochter Marie. Sie wurde an einem Sonntag am 29. Februar geboren, aber dieses Datum gibt es in diesem Jahr nicht. Diesen Tag gibt es in vielen Jahren nicht. Deshalb war der Geburtstag unserer Tochter immer etwas ganz besonderes.

Wir laufen in der Wohnung hin und her: mein Mann, unser Sohn und ich. Wir schauen uns nicht an, wir wissen, was wir in den Augen des Anderen sehen. Es ist Kummer. Dieser Kummer ist so groß, dass uns kein Mensch trösten kann, wir sind alle drei untröstlich.
„Wir wären heute italienisch essen gegangen. Wie immer an Maries Geburtstag." Ich erkenne meine eigene Stimme nicht.
„Und wir hätten wie immer für Maries

Geburtstag eine Geburtstagstorte besorgt", ergänzt mein Mann.

„Ich hole Torte", bestimmt unser Sohn.

Er ist froh, aus dem Haus zu kommen. Mein Mann kocht Kaffee. Ich decke den Tisch und versuche, mich ganz auf diese Arbeit zu konzentrieren. Doch man muss nicht denken beim Tischdecken. Ein Teller fällt mir herunter. Ich zucke bei diesem Geräusch zusammen. Helmut bückt sich, sammelt die Scherben auf und wirft sie in den Mülleimer. Er bemerkt, dass es der vierte Teller ist, dabei sind wir nur zu dritt.

„Willst du Musik hören?", fragt er.

Ich schüttle den Kopf. Musik ertrage ich nicht, da muss ich immer weinen. Marie mochte Bon Jovi. Ihr Lieblingslied war „November Rain" von Guns ´N Roses. Das wollten wir zur Beerdigung spielen, aber ihr Freund fand das pietätlos. Er suchte „Time To Say Goodbye" aus, das nicht zu Marie passte. Zeit zu gehen für ein Mädchen von 24 Jahren? Wie sollten wir das verstehen?

André kommt mit der Torte zurück. Er hat vier verschiedene Stücke mitgebracht: eine Schwarzwälder Kirsch, eine Käsesahne, eine Schoko und eine Marzipan. Marie mochte Marzipan so gern. Er schneidet jedes Stück in vier Teile, so kann jeder von uns von jeder

Sorte kosten. Nur der vierte Teller steht in der Mitte und wir versuchen, ihn nicht zu sehen.

In meinem Kopf dröhnt es. Seit vier Monaten höre ich dieses Dröhnen im Kopf. Es klingt wie der Ton eines Rasenmähers, ein gleich- bleibendes Geräusch, das mich wie im Sommer einlullt oder wahnsinnig macht. Ich weiß nicht, wie lange man solch einen Ton aushalten kann, der den ganzen Tag und die ganze Nacht das Hirn lähmt und meine Nerven zerreißt.

„Kommt, wir gehen zum Italiener!", ruft Helmut mit kläglich dünner Stimme.

Wir fahren nicht zu Maries Lieblings-Italiener, wir laufen gleich zum Italiener nebenan, keine zehn Fußminuten entfernt. Der Kellner kennt uns nicht, aber er reicht jedem die Hand zur Begrüßung. Alle drei tragen wir tiefschwarze Kleidung. Das fällt nicht auf heutzutage, denn viele Leute trage Schwarz, dabei denkt sich keiner etwas. Im Hintergrund dudelt die sanfte Stimme von Eros Ramazzotti irgendein Liebeslied.

Wir setzen uns an einen Tisch ganz hinten im Lokal und suchen nur Gerichte aus, die Marie gern gegessen hätte: Fisch, Spaghetti, Muscheln. Sie mochte keinen Alkohol, aber wir brauchen jetzt dringend einen Aperitif, am besten einen Wermut.

„Auf unsere Marie! Möge es ihr gut gehen, wo immer sie sein mag."

Mein Mann hebt sein Glas.

In diesem Moment erschallt laut aus dem Lautsprecher „Time To Say Goodbye".

An mehr kann ich mich nicht erinnern.

Sex im Alter

„Holger ist ein Sexmuffel!", schimpft Sandra laut.

Etwas peinlich berührt sehe ich sie an, denn wir sitzen in einem Café. Die jungen Leute am Nachbartisch kichern und schauen zu uns herüber. Sicher haben sie die Bemerkung meiner Freundin gehört. Zwei alte Damen einen Tisch weiter schütteln missbilligend ihre Köpfe. Sandra folgt meinem Blick, zeigt auf die Frauen und kichert.

„Die haben sicher seit zwanzig Jahren keinen Sex mehr."

Sofort erzählt sie einen blöden Witz über Alte, die sich nur vage an körperliche Liebe erinnern. Ich finde das überhaupt nicht witzig und schüttle den Kopf über ihr boshaftes Gelächter. Außerdem glaube ich, dass man sich im Alter sehr wohl an sein Sexleben erinnert. Und wenn nicht, wäre das noch lange kein Grund, sich darüber lustig zu machen.

„Woher willst du das wissen?", zische ich. „Bis ins hohe Alter kann man Liebe machen."

„Liebe machen", äfft sie mich nach. „Wie doof klingt das denn? Was hat denn Liebe mit Sex zu tun?"

„Womit denn sonst? Würdest du mit jemandem schlafen, den du gar nicht liebst?", frage ich ungläubig.

„Sagen wir mal so: ich kann nicht alle lieben, mit denen ich schlafe."

Sandra prustet laut los. Wenn sie sich wenigstens die Hand vor den Mund halten würde! Ich sehe aus den Augenwinkeln, wie uns die Leute ringsum anstarren.

Ich kann mir nicht vorstellen, dass meine beste Freundin wirklich genauso denkt wie sie daherredet. Ich glaubte bisher, sie durch und durch zu kennen. Doch wer kennt schon einen anderen Menschen wirklich? Man kann schließlich nicht in ihn hineinschauen.

Seit der Schulzeit sind wir dicke Freundinnen, verloren uns nur während der Lehrzeit aus den Augen. Wir heirateten im gleichen Jahr, vor fast zwanzig Jahren. Als unsere Kinder noch klein waren, verbrachten wir viel Zeit zusammen auf den Spielplätzen oder im Tierpark der Stadt. Später sahen wir uns nur noch selten, meist auf irgendeiner Feier mit Freunden, wo wir nicht ungestört miteinander sprechen konnten. Deshalb treffen wir uns seit vier Jahren regelmäßig in diesem Café.

Wenn Sandra nicht treu ist, könnte Holger ebenso eine Andere haben. Ich frage also: „Glaubst du, er hat eine Geliebte?"

„Das wäre echt der Gipfel!", empört sie sich.

„Mich lässt er vertrocknen, während er eine Andere beglückt?"

Wie sie sich wieder ausdrückt!

„Heißt das, du könntest tolerieren, wenn dein Mann fremdgeht?", frage ich überrascht.

„Warum nicht? Hauptsache, ich komme dabei nicht zu kurz."

Ungläubig schaue ich sie an.

„Was guckst du? Ob er länger arbeitet, zum Sport oder sonstwohin geht, ist mir doch egal."

Das denkt sie jetzt nicht wirklich, oder? Ich wäre am Boden zerstört, wenn mich Bertram betrügt.

„Die Kinder und ich sind finanziell abgesichert. Das ist es, was zählt."

„Du denkst dabei ans Geld und nicht, dass er dir treu ist?"

„Ich erwarte, dass er meine Bedürfnisse erfüllt. Punkt."

Was meint sie mit Bedürfnissen? Außerdem spricht sie immer nur von sich selbst.

„Und du? Erfüllst du seine Bedürfnisse?", frage ich.

Sandra zuckt mit der Schulter.

„Keine Ahnung. Darüber mache ich mir keine Gedanken. Mir reicht es, dass ich den ganzen Tag im Büro für andere da sein muss. Daheim will ich meine Ruhe und nur noch machen, was ich will."

Ich sehe es genau umgekehrt. Mir ist die Familie wichtiger als meine Kollegen. Meine Pflichten daheim nehme ich ernster als die im Büro. Ich sage ihr das.

„So ein Quatsch!", schimpft Sandra. „Für deine Arbeit wirst du bezahlt, daheim nur angesaut von den pupertierenden Kindern, die alles besser wissen und von nichts eine Ahnung haben. Und Holger ist alt genug, um sich um sich selbst zu kümmern."

Sie isst, wenn sie Hunger hat, meist irgend etwas aus der Hand, trinkt aus der Flasche und hat überhaupt keine Regeln. Holger und die Kinder machen es ebenso. So kommt es, dass der eine nicht weiß, wo der andere ist und wann er wieder daheim sein wird.

Für mich wäre das kein Familienleben.

„Na und?" Sandra verdreht die Augen. „Jeder, wie er kann. Läuft es bei euch anders? Ich meine, habt ihr noch Sex?"

Ich werde sofort rot und ärgere mich darüber, zumal Sandra sofort albern kichert und mit den Fingern auf mich zeigt.

„Hab dich nicht so! Bist schließlich keine Jungfrau."

Wieder lacht sie.

„Naja", druckse ich. „So oft wie früher sind wir natürlich nicht mehr zusammen."

„Wieso natürlich? Zweimal pro Woche sind gesund. Und zwar in jedem Alter."

Sie boxt mich in den Oberarm.

„Aber die Lust lässt doch nach mit der Zeit."

„Das dachte ich früher auch. Also ich glaubte mit zwanzig, dass Menschen mit vierzig schon zu den Alten gehören und kein aufregendes Sexleben mehr haben können. Jetzt mit fünfzig bin ich davon überzeugt, sextechnisch nie besser drauf gewesen zu sein."

Sandra kichert. Sicher denkt sie an irgend eine akrobatische Verrenkung im Bett. Dann verdunkelt sich ihre Miene.

„Und jetzt rührt mich der Saukerl nicht mehr an."

„Meinst du, es gibt körperliche Gründe dafür?"

„Körperlich? Denkst du, er ist krank oder so?"

„Vielleicht. Oder er will eine ganz Schlanke. Du warst früher ziemlich dünn."

Inzwischen hat Sandra mehr als zehn Kilogramm zugelegt und trägt statt der Größe 36 die 42.

„Eben. Früher war ich dürre, heute habe ich Figur."

Sie reckt ihre Brüste und hebt sie mit den Händen an, als wolle sie deren Gewicht prüfen. Dann kneift sie mir in die Hüfte, wo sich auch bei mir bereits Speckröllchen gebildet haben.

„Fleisch ist doch obergeil!"

Das sagt sie so laut, dass uns die Leute wieder mustern und die Köpfe schütteln.

Obwohl ich täglich Sport mache und sehr wenig esse, nehme ich ständig zu. Sandra lacht darüber. Sie fühlt sich wohl so dick und meint, dass jede Frau im Alter immer breiter wird. Das müsse man hinnehmen. Ich kann das nicht hinnehmen, ich finde das furchtbar.

„Dein Bertram ist viel fetter als du."

Erschrocken schaue ich sie an.

„Du meinst also auch, dass ich zu fett bin?"

Sie lacht und boxt mich wieder gegen den Arm.

„Ach, sei nicht gleich sauer! Du siehst weiblich aus, dein Mann dagegen schiebt einen hässlichen Bierbauch vor sich her."

Wieder boxt sie mich.

„Nun lach doch mal!"

Ich lache nicht. Früher war ich recht eitel und bin es auch heute noch. Bertrams Bauch stört mich seltsamerweise nicht. Nur meinen Hüftspeck finde ich grauenhaft.

„Isst du dumme Nuss deshalb keinen Kuchen?"

Sandra rührt in ihrem Eisbecher, den sie sich nach dem Genuss einer Quarksahnetorte bestellt hat. Ich zucke mit der Schulter. Am Nachmittag esse ich schon lange keinen Kuchen mehr und nehme zum Kaffee nicht einmal Zucker und Milch. So ist er mir zwar zu bitter, doch immerhin hat er somit keine Kalorien.

„Ich glaube, dass es normal ist, wenn im Laufe einer Ehe die Lust nachlässt", wiederhole ich.
„Bei dir vielleicht, bei mir jedenfalls nicht!", blafft Sandra. „Holger ist mein Mann und hat verdammt noch Mal die Pflicht, meine Grundbedürfnisse zu erfüllen."
„Sex ist doch keine Pflicht."
„Was denn sonst? Meinst du, ich wasche seine Hemden ohne Gegenleistung?"
Sicher ist Sandra nur wütend auf ihren Mann und meint nicht wirklich, was sie sagt.
„Holger ist einfach nur stinkefaul", verkündet sie.
Ich seufze und erwarte eine für Sandra typische Erklärung. Und sie kommt.
„Er schaut lieber zu, als selbst etwas zu tun. Wie beim Sport. Er sitzt in seinem Sessel und guckt Fußball. Oder eben einen Porno. Doch er spielt nicht selbst und er ..."
„Sandra!", unterbreche ich sie. „Du bist unmöglich!"

Ich will das Thema wechseln und frage nach ihren Kindern.

„Jetzt, da die Kinder meist außer Haus sind und wir uns völlig ungestört verlustieren könnten, will mich Holger mit ein paar sinnlosen Streicheleinheiten abspeisen."

„Magst du keine Zärtlichkeiten?", frage ich verblüfft.

„Ich hasse das sinnlose Getatsche. Er soll zur Sache kommen oder es bleiben lassen. Das ist was für Alte, die den Sex nicht mehr hinkriegen."

Ich mag es nicht, wenn sich Sandra so vulgär ausdrückt und mache der Kellnerin ein Zeichen, dass ich bezahlen will.

„Mir sind Zärtlichkeiten jedenfalls sehr wichtig. Ich brauche die körperliche Nähe, liebevolle Blicke, sanfte Küsse, Umarmungen", erkläre ich.

Sandra verdreht die Augen.

„Du bist eine romantische Kuh!"

Zärtlichkeiten haben für mich nichts mit Romantik zu tun. Es sind wundervolle Zeichen der Zuneigung, die ich sehr genieße. In diesem Moment verspüre ich eine heftige Sehnsucht nach Bertram und seinen liebevollen Blicken. Ich habe es plötzlich eilig, nach Hause zu kommen.

Späte Zärtlichkeit

Sie besteht aus liebevollen Blicken,
aus einem Druck der Hand,
aus einem guten Wort
und Beieinandersein.
Zu wenig? Aber nein:
Das Letzte gab man sich bereits.

Hanna Maria Drack

Das Altern

Altwerden ist wie Bergsteigen.
Je höher man kommt,
desto mehr Kräfte sind verbraucht,
aber umso weiter sieht man.
(Ingmar Bergmann)

Ich fühle mich alt, obwohl ich mit meinen 65 Jahren nicht direkt alt bin, aber auch nicht mehr im sogenannten besten Alter. Immerhin habe ich jetzt als Rentner viel Zeit, mein Leben zu genießen.
Nur die Gesundheit ist das Leben sagt Friedrich von Hagedorn. Ich bin nicht direkt krank, doch ich fühle mich nicht wohl in meiner Haut. Sie schrumpelt. In den Beinen habe ich Dellen. Die sieht zum Glück keiner unter meinen langen Hosen, aber ich weiß, dass diese Dellen da sind. Zu den Hosen trage ich moderne weite Shirts, Tunika sagt man heute dazu. Sie verdecken meinen immer dicker werdenden Oberbauch und die schrecklich breit gewordenen Hüften. Ich trage schon lange keine Röcke und Kleider mehr, die passen nicht gut zu Turnschuhen. Ich kaufe nur noch

Turnschuhe mit Klettverschluss. Die sind praktisch und sogar bequemer als die orthopädischen Schuhe mit Fußbett.

Meine Augen lassen nach. Ich brauche viel Licht und vor allem eine Brille. Trotzdem kann ich nicht alles erkennen, was ich so sehe. Da nützt die zusätzliche Lupe nicht viel. Ich versuche schon lange nicht mehr, das Kleingedruckte zu lesen. Eigentlich wollte ich meine viele freie Zeit als Rentner zum Lesen nutzen. Ich habe sehr viele Bücher, aber das Lesen ist mir mittlerweile zu anstrengend.
Nachrichten schaue ich keine mehr. Nicht, dass mich das Weltgeschehen nicht interessiert, aber es geht darin nur um Katastrophen, Korruption und Mord. So, als wäre die Welt verrückt geworden. Aber vielleicht bin nur ich verrückt geworden, weil ich das alles nicht mehr verstehe.
Neuerdings schlafe ich schlecht. Ich grüble zu viel. Alles macht mir Sorgen, auch Dinge, die ich sowieso nicht ändern kann. Ich denke über Vergangenes nach. Als ich jung war und tatsächliche Probleme hatte, vertraute ich auf den nächsten Tag und schlief sofort ein.

Ich mache jeden Morgen und jeden Abend Yoga-Übungen aus einem Buch, *Yoga ab 50*

heißt der Titel. Also ist man schon mit 50 alt. Oder mit 35. Letzte Woche kaufte ich mir in der Drogerie eine Gesichtscreme für reife Haut. Auf der Dose stand *für Haut ab 35.*
Man muss sich pflegen, gesund ernähren und fit halten. Trotzdem kann man das Altern nicht aufhalten. Ich bin während der letzten 15 Jahre sehr gealtert.

Als ich 50 wurde, feierte ich ein großes Fest. Meine Freundin verstand das nicht. Für sie war diese Zahl das Symbol für eine alternde Frau. Ich fand mich wunderschön und posierte für meinen Sohn, der alles fotografierte. Ich trug eine himmelblaue Bluse mit bunten Streublümchen darauf, die mir hervorragend stand und perfekt zu meinen blauen Augen und meinem dunklen Haar passte. Es sind nur einzelne graue Haare darin. Ich habe nicht vor, sie zu färben. Ich habe meine Haare nie gefärbt und will im Alter nicht damit anfangen.

Mein Sohn sagt, ich soll mit der Zeit gehen. Ich mag nicht so gehen wie die jungen Leute. Sie laufen neben ihren Freunden, Hunden oder Kindern und haben doch nur Augen für ihre modernen Smartphones.
Ich benutze seit 15 Jahren ein Handy für Senioren. Heute sagt man nicht mehr Alte zu

den Alten, sondern Senioren. Dieses Handy hat große Tasten und ein großes Display, worauf ich die Buchstaben sogar ohne Brille erkenne. Das Handy hat ein Register. So muss ich mir keine Nummern merken und auch kein Notizbuch mitschleppen. Ich kann sogar SMS schreiben, wenn ich will, aber ich will eigentlich nicht. Ich will nur im Ernstfall Hilfe rufen können, ein Taxi zum Beispiel, wenn es regnet. Ein Handy ist ein Telefon für unterwegs. Zu Hause habe ich mein normales Telefon, Festnetz mit einer Schnur, keines zum Herumtragen. Wenn ich Fotos machen will, benutze ich meinen Fotoapparat und nicht das Handy.

Einen Computer besitze ich ebenfalls, mit dem ich meine Fotos bearbeite und auch ins Internet gehe. Ich mag es nicht, wenn ein einziges Gerät alles können muss wie das Smartphon. Man kann damit telefonieren, fotografieren, ins Internet gehen, nach einem Weg oder Lokal suchen oder Pizza bestellen. Mir ist es lieber, wenn jedes Teil seinen Zweck hat. Alles zu seiner Zeit.

Meinem Arzt gefällt nicht, dass ich jeden Abend ein Glas Rotwein zum Essen trinke und hinterher mein Likörchen. Ich soll seine Tabletten schlucken gegen zu hohen Blutdruck, den er mit einem Gerät gemessen hat. Aber ich habe keine Probleme mit meinem Blutdruck. Medikamente mag ich ohnehin nicht. Der Mensch stirbt nicht an seinen Krankheiten, sondern an den Mitteln, die er dagegen einnimmt.

Ich habe einmal die Tabletten gezählt, die meine Mutter täglich schluckt. Es sind 25 Stück, die meisten weiß, einige rosa oder gelb. Die Schwester vom Pflegedienst sortiert sie fein säuberlich in kleine Schachteln mit den Aufschriften der Wochentage und diese wiederum mit Fächern für morgens, mittags, nachmittags und abends. Dabei sind bei mehr als fünf Medikamenten die Nebenwirkungen stärker als der Nutzen.

Meine Mutter ertrug keine fremden Leute in ihrer Wohnung. Krankenschwestern und Haushaltshilfen schlug sie die Tür vor der Nase zu. Als sie sich nicht mehr allein anziehen und zur Toilette gehen konnte, nahm ich ihr den Wohnungsschlüssel weg und gab ihn dem Pflegedienst. Sie war darüber so erbost, dass sie mich hinauswarf und nicht mehr sehen wollte.

Eine Woche später stürzte sie und blieb hilflos vor ihrem Bett liegen. Der Pfleger fand sie und rief den Notdienst, der sie sofort ins Krankenhaus brachte.

Ich werde immer vergesslicher. Dafür erinnere ich mich an Dinge aus meiner Kindheit, die ich schon längst vergessen hatte. Zum Beispiel weiß ich auf einmal ganz genau, dass ich zu meinem zweiten Geburtstag ein Schaukelpferd geschenkt bekam, das größer war als ich selbst. Ich kann mich gut an meine Puppe Cornelia erinnern und an meinen Teddy Mischka. Aber ich erinnere mich nicht mehr daran, was ich heute einkaufen wollte und wo ich meine Brille hingelegt habe.

Niemals vergesse ich den unsagbaren Schmerz, den ich empfand, als mich mein Mann verließ. Er ist sechs Jahre älter als ich, aber ich war ihm zu alt. Jetzt hat er eine viel jüngere Frau. Meine Mutter sagte damals zu mir, dass die Demütigung wegen einer verratenen Liebe schlimmer ist als Krieg und Hungersnot. Sie muss es wissen, denn sie hat Krieg und Hunger erlebt.

Ich habe nie Hunger leiden müssen. Es gab immer genug zu essen. Heute achten die Leute auf gesunde Ernährung, aber sie lehnen Nahrhaftes wie Fleisch und Fett ab. Statt dessen kauen sie auf einem Salatblatt herum, das keine Kalorien hat. Davon wird man nicht satt, davon bekommt man Blähungen. Ich genieße gutes Essen und nehme mir viel Zeit dafür. Den Tisch decke ich immer festlich, obwohl ich allein bin. Heute nehme ich Servietten aus Papier. Die kann ich nach der Mahlzeit entsorgen und muss sie nicht waschen und bügeln.

Was soll ich nur anfangen mit all der freien Zeit? Ich könnte meine Wohnung gründlich putzen. Aber wozu? Es ist keiner da, der sie dreckig gemacht hat. Kein Mann, kein Haustier. Ich stelle immer alles sofort wieder an seinen Platz. Mich kommt nur die Nachbarin besuchen. Ich mag keinen Besuch und schon gar keinen, der plötzlich unangekündigt an meiner Tür steht. Das gehört sich nicht. Mit meiner Freundin treffe ich mich außer Haus in einem Café.

Früher wollte ich gern reisen. Das habe ich auch getan. Mit den Kindern wanderten wir durch die Alpen, besuchten sämtliche Mittelmeerländer und flogen sogar nach Amerika. Später bereiste ich mit meinem Mann Asien.
Heute habe ich keine Lust mehr auf ferne Länder und weite Reisen. Außerdem fehlt mir das Geld. Mit meiner Rente komme ich gerade so über die Runden. Gespart habe ich nie. Mein Mann sagte immer: „Sparsamkeit ist eine

Methode, sein Geld auszugeben, ohne das geringste Vergnügen daran zu haben."

Vielleicht sollte ich wieder ins Theater gehen? Aber ich habe vor vier Jahren mein Abonnement gekündigt, weil mir die modernen Stücke des neuen Intendanten nicht gefallen. Er wollte sogar, dass seine Akteure nackt auftreten, denn Kostüme lenken angeblich vom Text ab. Das ist nichts für mich, da bin ich lieber altmodisch.

Meine Mutter mochte das Theater und nahm mich gern mit. Mein Vater hielt nichts von Schauspielern, er beschimpfte sie als *Komödiantenpack.* Seine Welt war die Musik. Er spielte Posaune im Theaterorchester, bei Beerdigungen und zum Tanz. Für Tanzmusik bekam er das meiste Geld und vor allem viel Bier und Schnaps. Trotzdem verachtete er das Publikum, das den ganzen Abend nur am Tisch saß und erst gegen Ende tanzen wollte, wenn die Musiker ihre Instrumente einpackten.

Es heißt, dass man das Leben nur rückwärts verstehen kann, es aber vorwärts leben muss. Das leuchtet ein.

Ich vergleiche die Lebenszeit mit dem Tagesablauf. Bis 20 Jahre ist der Morgen, bis 40 die Tagesmitte, bis 60 der Nachmittag, danach der Abend und ab 80 beginnt die Nacht, auf der kein neuer Morgen folgt. Demnach lebe ich im Abend des Lebens, während mein Sohn in die Tagesmitte gelangt ist und die Kinder im Morgen herumspringen. Um meine Mutter ist es bereits Nacht geworden.

Sie ist nicht blind, nur dement und lebt seit einem Monat im Pflegeheim. Manchmal beneide ich sie, weil sie in ihrer Art Zwischenwelt so glücklich vor sich hin dämmert. Sie macht sich keine Sorgen mehr um die Zukunft, um die Kinder und Enkel und um die Politik.

Es ist ein sehr schönes Heim mit großen hellen Zimmern, kleinen Wohngruppen und täglichen Programmen. Ich will trotzdem nicht in solch einem schönen Heim leben zwischen all den alten dahinsterbenden Leuten, die entweder nicht mehr laufen oder nicht mehr denken können. Meist schaffen sie beides nicht mehr. Es ist das Umfeld, die Gespräche mit Menschen, die das Leben lebenswert machen. Die Demenz hat meine Mutter friedlich gemacht, fast freundlich. Unterhalten kann ich mich trotzdem nicht mit ihr, sie mag andere Dinge als ich und wirkt oft, als wäre sie mit ihren Gedanken weit weg.

Ich habe ihr viele Fotos gebracht, die an ihren Wänden hängen und auf Regalen und der Anrichte stehen. Fotos von ihren Kindern und Enkeln und von ihrem Mann. Mein Vater lebt schon 30 Jahre nicht mehr, er war damals kaum älter als ich heute, als er starb. Zwei Jahre zuvor hatte er einen Herzinfarkt. Danach litt er unter starken Schmerzen und ihn quälten Todesängste. Immer wieder fragte er mich: „Warum habt ihr mir das angetan? Warum habt ihr mich zurückgeholt?"

Man überlegt nicht, sondern ruft sofort den Notarzt und ist sich sicher, das Richtige zu tun. Manchmal verlängert man damit nicht das Leben, sondern das Leid. Das Leben ist nichts wert, wenn man keine Lebensqualität mehr hat. So gesehen hat mein Vater Glück gehabt mit seinem frühen Ableben. Er musste nicht den Verfall seines Körpers erleben und auch nicht das Wegdämmern seiner Frau.

Seit damals trage ich einen Zettel bei mir. *Ich wünsche keine Wiederbelebung und auch keine Organspende.* Mich wird so schnell keiner finden, wenn ich in meiner Wohnung umfalle. Und sollte es irgendwo draußen passieren, hoffe ich, dass mein Zettel mir hilft.

An ein Leben nach dem Tod möchte ich gern glauben, aber ich kann es nicht. Manchmal habe ich das Gefühl, dass meine verstorbene Tochter um mich ist, mir sogar hilft. Eigentlich ist das Unsinn, aber ich liebe diesen Gedanken. Ich möchte meine Tochter gern wiedersehen und mit ihr gemeinsam auf unsere Hinterbliebenen aufpassen. Aber ich möchte nicht wiedergeboren werden, nicht alles noch einmal erleben. Ich möchte auch nicht jemand anderer sein oder gar ein Tier. Das ist kein guter Gedanke.

Jetzt muss ich die Wohnung meiner Mutter ausräumen. Die ist voller Kitsch und Krimskrams, Setzkästen, Sammeltassen und winzigen Kätzchen aus Glas. Ich mag das alles nicht, aber ich mag es auch nicht in den Müll werfen. Ich mag auch ihre vielen Bücher nicht wegwerfen, obwohl es ausschließlich alberne Liebesromane sind. Ich wusste gar nicht, dass meine Mutter so etwas liest. Jetzt kann sie nicht mehr lesen. Ich lese ihr vor. Meist sind es Geschichten über Kinder, darüber kann sie lachen. Ich mag es, wenn sie lacht.
Ich kaufe ihr jede Woche im Supermarkt einen Blumenstrauß. Meist sind es rosa Nelken oder bunt gemischte Sträuße, die sich lange in der Vase halten.
Meine Mutter sagt, dass früher alles besser gewesen sei. Daran merke ich, wie alt sie ist. Ich bin froh, dass heute vieles anders und besser ist als früher. Angefangen von der Waschmaschine, über das Telefon bis zum Internet. Das Internet genieße ich jeden Tag

und schreibe meinen Freunden und Verwandten.

Schon deshalb fühle ich mich nie einsam, nur manchmal unsichtbar. Die Männer nehmen mich nicht mehr wahr, sehen an mir vorbei oder durch mich hindurch. Dabei sind sie oft älter als ich. Ich bin nicht böse darüber. Ich habe es nicht mehr nötig, mich aufzuhübschen, um jemandem zu gefallen. Einen Mann mag ich schon gar nicht, vor allem nicht in meiner Wohnung. Ein einziges Mal habe ich einen Mann mit in mein Bett genommen. Das war drei Jahre, nachdem mich mein Mann verlassen hatte.

Mein Mann war schwierig und zu allem Übel jähzornig. Kritik vertrug er gar nicht. Wenn ich mit meiner Meinung herausplatzte, bekam er regelmäßig einen Wutanfall, der in Türenschlagen überging und nach unflätigem Gebrüll in Schweigen gipfelte. Er konnte mich wochenlang übersehen, was für mich schlimmer zu ertragen war als seine groben Worte.

Heute genieße ich meine Ruhe. Ich habe keine Angst, im Alter zu vereinsamen. Man ist erst dann wirklich alt, wenn man die Vergangenheit mehr liebt als die Zukunft.

Wie lange ich lebe liegt nicht in meiner Macht. Dass ich aber, so lange ich lebe, wirklich lebe, das hängt allein von mir ab. (Seneca)

Ein perfekter Abgang

veröffentlicht in „Bieglaslyrik"

„Du Brett!"

Der junge Mann im Bus neben mir hat eine sehr laute Stimme. Ich höre jedes Wort, aber ich verstehe gar nichts.

„Brett? Möchten Sie wissen, wie Sie zum Baumarkt kommen?"

„Isch will nicht Baumarkt, du Vollpfosten."

„Nicht?"

„Du blöde Frikadelle! Ich mach dich Messer."

„Was wollen Sie von mir?"

„Isch rede mit Frau, du Gurke."

Jetzt kapiere ich. Der junge Mann hat einen Stöpsel im Ohr und spricht mit seiner Freundin und gar nicht mit mir. Brett. Was meint er mit Brett? Ich mag diese verdrehte Sprache der jungen Leute nicht.

Ich mag auch nicht auf Englisch beworben werden. *Sale* in jedem Schaufenster und *Coffee to go* aus dem Pappbecher. Nein, das gefällt mir nicht.

Endlich kann ich aussteigen und zur Firma laufen, zum allerletzten Mal. Ab morgen bin ich Rentner. *Nach getaner Arbeit ist gut ruhen* behauptet ein Sprichwort. Ich bin mir da nicht so sicher. Was soll ich mit all der vielen freien Zeit anfangen? Einen Garten habe ich nicht, auch keine Enkel, jedenfalls nicht in der Nähe. Sie leben in Australien. Ich könnte hinfliegen und sie besuchen. Aber ich mag diesen Erdteil nicht. Eigentlich mag ich nur Europa. Und eigentlich nur Deutschland. Hier gibt es alles, was ich mir wünsche: Hügel, Flachland, Berge, Meere, Flüsse, Seen, hervorragende Esskultur und eine wunderbare Sprache. Goethe, Heine, Hesse. *Nimm Abschied und gesunde!* sagt Hermann Hesse. Er sagt nicht Brett und Vollpfosten und blöde Frikadelle.

Meine Kollegen lachen über mich. Sie nennen mich Urgestein und Dinosaurier, weil mir Traditionen so wichtig sind. Der Philosoph Jaures wusste: *Tradition heißt nicht Asche verwahren, sondern eine Flamme am Brennen halten.* Für mich ist das gelebte Kultur wie die Sprache und gutes Benehmen. Ich mag es nicht, wenn meine Kollegen während der Pausen pausenlos mit ihren Wischteilen daddeln. Ich sitze neben ihnen, aber sie bemerken mich nicht. Sie tippen Nachrichten in die Welt oder verkaufen virtuelle Hühner in albernen Spielen, obwohl sie längst erwachsen sind.

Es ist wirklich Zeit, dass ich in den Ruhestand gehe. Mir ist die Arbeit von Jahr zu Jahr, von Monat zu Monat und von Tag zu Tag immer schwerer gefallen. Wird es für mich leichter, wenn ich gar nichts mehr tue? Vielleicht scheint mir alles nur so schwer und unerträglich, weil ich diesen Tag nicht selbst festgelegt habe. Das hat ein Amt für mich getan, ein Gesetz. Ich hätte gern viel eher aufgehört zu arbeiten, wenn das möglich gewesen wäre. Aber vielleicht würde ich noch länger bleiben, wenn das erlaubt wäre. So muss ich mich fügen und unbedingt heute meinen Abschied nehmen.

„Abschiedsworte müssen kurz sein wie Liebeserklärungen", sagt mein Chef. Weiß er, dass dieser Spruch von Theodor Fontane stammt? „In diesem Sinne wünsche ich Ihnen einen schönen Lebensabend."

„Vielen Dank."

Ich nehme die Flasche Sekt und den großen Blumenstrauß entgegen. Als mich Irmi umarmt, kommen mir doch die Tränen. Ich bin nicht rührselig. Ich habe mich schon lange auf die Rente gefreut, trotzdem wird mir schwer ums Herz. Hier ist alles so vertraut: der ganze Ärger, die tägliche Mühe, die Leute um mich herum, die gar nicht mit mir reden. Dabei erzähle ich so gern. Deshalb schreibe ich am Abend alles auf, worüber ich mich gefreut und was ich so gehört und erlebt habe. Ich schreibe gern. Ich werde meine Geschichten aufschreiben und einem Verlag anbieten.

„Wir werden Sie nicht vergessen", behauptet der Chef. Ich weiß, dass es nicht stimmt.

„Ich werde euch auch nicht vergessen." In Gedanken füge ich hinzu: „Ich werde euch in meinen Geschichten verewigen."

Mir gefällt mein Plan. Ich gehe mit festen Schritten zur Tür. Dort drehe ich mich um und zitiere: „Wer gehen muss, wo gern er bliebe,
den trifft der Schmerz mit schwerem Hiebe.
Doch der Schmerz ist nicht geringe,
wer bleiben muss, wo gern er ginge."

Ein Abschied ist immer schmerzlich. Aber er ist nicht nur ein Ende, sondern ein Anfang.

Das Alphabet

Das Größte ist das Alphabet,
denn alle Weisheit steckt darin.
Aber nur der erkennt den Sinn,
der´s recht zu verbinden versteht.
(Emanuel Geibel)

Buchstaben. Ich liebe Buchstaben. Ich liebe sie alle. Damit kann man Worte bilden und aus diesen Worten Sätze formen. Aus den Sätzen entstehen Geschichten.
Ich schreibe Geschichten. Wahrscheinlich liebe ich deshalb die Buchstaben so sehr.

Am liebsten ist mir das L. Mit einem L beginnen die schönsten Worte wie Liebe, Lust, Lieder, Lachen – das Leben überhaupt. Allerdings auch Leid und Lüge.
Das Alphabet beginnt mit dem A - A wie Anfang, Apfel, Abend, Anstand oder Armut.
Danach folgt das B wie Buch, bunt, Baum oder biegen und brechen.
Mit dem C allein kann man nicht viel anfangen, da muss noch ein H dahinter. H wie Hand, Hund, Herz und Himmel.

Das P mag ich ebenfalls besonders gern. Mit einem P beginnt mein Name Petra und ich schreibe auf Papier – Papier, woraus meine geliebten Bücher sind.

Mir gefällt das wunderschön geschwungene S wie Sonne, Stift, Schnee, sächsisch und Schreiben.

Ich kann nur schreibend leben.

Meiner Meinung nach kann man nicht wahrhaft über etwas schreiben, was man nicht selbst erlebt und erfahren hat. Ich gebe ihm andere Namen und Orte und verwebe die Begebenheiten und Gefühle so, dass es passt. Somit ist alles, was ich schreibe, wahr – auch das Erfundene. Beim Schreiben mache ich mir keine Gedanken darüber, ob meine Geschichte jemand lesen wird. Niemand soll sich einbilden, er wisse, was die Leute lesen wollen.

Nichts ist leichter, als so zu schreiben, dass es keiner versteht. Dazu braucht es nur kompliziert konstruierte Sätze und blumig ausschweifende Beschreibungen. Ich bevorzuge die direkte Aussage, präzise Formulierungen ohne jede Effekthascherei. Also schreibe ich wie ich rede. Dabei kann ich meine Gedanken zu Ende führen, ohne wie bei einem Gespräch unterbrochen oder gar korrigiert zu werden.

„Ein Buch ist ein Druckwerk, aus dem Leser gewöhnlich etwas ganz anderes herauslesen, als der Autor hineingeschrieben hat", sagt Georg Christoph Lichtenberg. Jeder versteht nur das, was die eigenen Erfahrungen und Gefühle zulassen. Deshalb sind für mich Lesermeinungen besonders interessant und oft direkt überraschend.

Erleben mehrere Menschen die gleiche Geschichte, erzählen sie doch ganz verschiedene. Ich rede gern mit den Leuten, um herauszufinden, wie sie über eine Sache denken. Das ist es, was jede Unterhaltung so spannend für mich macht.

Irgendwo steht geschrieben, Geschichten seien wie Matrjoschkas, diese russischen Puppen: Man öffnet eine, in ihr steckt eine weitere und in dieser noch eine und noch eine …

Das Leben schreibt ohnehin die schönsten Geschichten. Deshalb beschränke ich mich auf den Alltag, den jeder genauso erlebt haben könnte wie in meinen Büchern beschrieben.

„Bist du Schriftsteller?", werde ich gefragt.
Ich stimme zu und erwarte eine weitere Frage.
Doch oft folgt nur die Feststellung: „Du hast es gut, du musst nicht arbeiten."

Ich arbeite sehr wohl, doch diese Arbeit ist nicht mit der Tätigkeit in einer Großküche zu vergleichen. Bei einem Koch weiß jeder von allein, dass dieser beschäftigt ist.
Doch wenn man damit beschäftigt ist, eine Geschichte zu schreiben, glaubt jeder, man sei untätig. Es ist merkwürdig, dies immer wieder neu erklären zu müssen.

Ich denke und schreibe ausnahmslos in meiner Muttersprache: Deutsch. Für jedes Ding, jedes Gefühl und jede Handlung gibt es das eine treffende Wort. Der deutsche Wortschatz ist der größte im Reich der Sprache, zumal er durch Zusammensetzen verschiedener Hauptwörter neue Worte mit ganz anderer Bedeutung bilden kann. Es gibt Papierserviette, Papiertaschentuch, Sandpapier, Klopapier und Schreibpapier. Ein Lesebuch ist etwas ganz anderes als eine Buchlesung.
Jean Paul (eigentlich Johann Paul Richter) bezeichnet die deutsche Sprache als Orgel unter den Sprachen. Sie wird leider von sehr wenigen Leuten beherrscht, die meisten zersetzen sie mit mehr oder weniger unpassendem Englisch. Das ist einfacher, zumal die englische Sprache erheblich ausdrucksärmer ist als die deutsche. Die meisten Leute nutzen allerdings kaum ein

Zehntel der möglichen Worte und demolieren ihre eigene Sprache zusätzlich, indem sie „zeitgemäße" Kraftausdrücke und seltsames Zeitungs"deutsch" verwenden.

Sprache ist kulturelle Identität, gelebte Kultur ebenso wie regionale Traditionen. Meiner Heimat bin ich deshalb so fest verbunden, dass ich nirgendwo anders leben will.

Zum Schluss fällt mir das Z ein, der letzte Buchstabe im Alphabet. Ohne **Z**weifel werde ich auch in **Z**ukunft weitere Geschichten und Romane verfassen. Den Leser zu unterhalten ist mein **Z**iel.

Weitere Veröffentlichungen von Petra Weise:

Interessante Erinnerungen aus dem ungewöhnlichen Leben der Autorin gibt es in **„Ein halbes Leben"** und den Fortsetzungen **„Ein ganz anderes Leben"** und **„Das Leben geht weiter"**.

Im Roman **„Der andere Vater"** erfährt die zwölfjährige Marion, dass ihr Vater gar nicht ihr Vater ist. Erst zwanzig Jahre später erfährt sie nähere Details und macht sich auf die Suche nach ihren Wurzeln.

„Farbige Geschichten." Hier dreht sich in 29 lustigen, traurigen, dramatischen oder alltäglichen Kurzgeschichten alles um Farben.

„Liebeslügen oder der ganz normale Wahnsinn" bietet 15 spannende Geschichten über die Liebe - wahre Liebe, vorgespielte Liebe, enttäuschte Liebe, betrogene Liebe.

„Mein Hund Benno – tierische Begegnungen" ist ein unterhaltsamer Roman über die Abenteuer der beiden komplett verschiedenen Familienhunde der Autorin.

„Eine verhängnisvolle Diagnose und 14 weitere Kurzgeschichten" erzählen aus dem oft gar nicht alltäglichen Alltag der Autorin während der 80er Jahre.

Petra Weise wurde 1954 in Freiberg/Sachsen geboren und lebt nach zahlreichen Wohnungswechseln durch Hessen und Bayern seit 1993 wieder in ihrer Heimat Sachsen.

Sie liebt das Erzgebirge mit all seinen Traditionen und fühlt sich auch in den Alpen wohl. Wenn sie nicht schreibt oder liest, wandert sie gern mit ihrem Hund durch den Wald oder spielt Klavier.

www.autorinpetraweise.de